上田五千石私論

松尾隆信

東京四季出版

上田五千石私論　目次

装幀　松尾清隆

第一章　眼前直覚の推移

1

五千石は、水割りのグラスをカウンターに置くと、はらはらと涙を落しはじめた。時期についての記憶は曖昧なのだが、平塚の拙宅からそう遠くないところにあったスナック〝琥珀〟での光景が、いまでも鮮明に思いだされる。〝さねさしのつどい〟の発足から六年間、五千石は、この神奈川県下を隔月で吟行する会に毎回出席していたが、NHKのテレビ趣味講座「俳句入門」の講師を務めることとなった昭和六十二年四月以降の十年は、年一回程度の出席となっていた。顔をだすのは年末であることが多く、この時も十二月の句会後であったと思う。

ソファー席に陣取った面々はカラオケで大いに盛り上がっていた。「畦」の連中十数人での貸切状態。その横のカウンター席で私は、五千石と二人、話が弾んでいたのだったが――。

「結局、俺は『田園』を超えられないのか……くやしい。世の中は『田園』しか見ていないんだ……」

と、五千石は涙をこぼしつつ言った。唐突であった。泣き上戸をはじめて見たことに驚いた。俳人は第一句集を超える句集を出すことがなかなかできないもの、といった趣旨の発言は、弟子たちの句集出版の折などに一般論として度々聞かされてはいたのであるが、この時に、五千石自身のこととして強烈なこだわりを持っていると知り、さらに驚いたのだった。

この頃の五千石は、若い頃のような暴飲はしなくなっていた。五千石と飲むと私が倍以上飲む、いや飲まされる。あるいは代理で飲んでいるという感じであったことを記憶している。六十代に入ると五千石は早く酔ってしまうようになった。いま思うと、それは加齢と過労の重なりによるものであったかも知れない。

いつもの前向きで明るい五千石でなく、素の姿、心のみだれといったものを目にしたことが、私にとって、この夜を印象深いものとしている。

他の弟子の何人かによれば、『田園』の句の話をしていると、五千石が急に怒りだしたので驚いた、との話もあった。現在の自分の俳句に蹤いてきているはずの弟子までも、『田園』の句しかまともに読んでいないのか、との思いがあったのではないだろうか。

五千石の第五句集は当初、『天路』ではなく『愛語』という書名で、「自照―秋から冬へ」を巻末に据えたかたちで刊行される予定になっていた旨、向田貴子が『天路』末尾の「抄出に至るまで」に記している。この集名を『愛語』とする構想は、「自照―秋から冬へ」への評価が本人の期待していたほどでなかったことにより、機が熟していないとして断念されたようである。こうした断念の過程に、私の見た五千石の涙があり、他の弟子たちが遭遇したという怒りもあったのではないだろうか。

当時の五千石の年齢を超え、いまの私には、五千石の涙と怒りを少なからず共有できるとの思いがある。この稿の執筆を通して、私が入門した第二句集『森林』の頃から、最後となった第五句集『天路』までを何十回と読み込み、書き進める中で、わが師・上田五千石が決して句集『田園』だけの俳人ではなかったことをひしひしと感じている。本稿では、まず「眼前直覚」を主なキーワードとしながら、いくつかの視点から、そのことを述べていきたい。

2

「眼前直覚」について五千石自身が記したものとして、現在入手が容易なのは、平成二十五年刊行の『決定版　俳句に大事な五つのこと』（角川学芸出版）で、この中に昭和五十五年発行の『俳句の本Ⅱ　俳句の実践』（筑摩書房）からの転載とみられる箇所がある。そこには、次の二句が挙げられている。

竹の声晶々と寒明くるべし　昭50
開けたてのならぬ北窓ひらきけり　〃

二句目について、「ある峠を越したところで、蚕屋の二階の北窓の板戸を外しているのに出会って」、そのことが「眼前直覚」会得にいたる契機となった旨を述懐している。

五千石は、昭和四十三年に第一句集『田園』を上梓。同句集により俳人協会賞を受賞した後、自身の作句方法を見出せず、スランプ状態にあった。

第二句集『森林』に収載されている作品を、句が詠まれた年毎に数えてみると昭和四十四年が十一句、四十五年が八句、四十六年が十六句、四十七年が十六句、四十八年が二十四句（この年に「畦（通信）No.1」を八月に十二頁のタイプ印刷で発行し、主宰業をはじめている）、四十九年が二十一句で、五十年が四十七句、五十一年が四十二句、五十二年が五十五句となっている。掲出の二句を詠んだ昭和五十年から、倍増しているのがわかる。こうした推移からも、「眼前直覚」の作句方法、すなわち、歩いて、足で句を作る方法による自信を得たうえで、昭和五十三年に、第二句集『森林』を刊行したことが見えてくる（もっとも、五千石自身は〝方法〟とも〝態度〟とも呼ばずに、「俳句の在り様」としている）。

この句集の後記に、五千石は「『森林』はまぎれもなく私自身である」と記している。この言葉からも、五千石が「眼前直覚」という新たな作句法を会得し、スランプを脱したことへの確信が見てとれる。

3

『俳句の本Ⅱ』では、先に掲げた昭和五十年の二句のほか、昭和五十四年六月二十三日に「夏炉」三百五十号の祝賀のため下諏訪を旅した際の二句もともに掲げられている。

竹の声晶々と寒明くるべし　昭50
開けたてのならぬ北窓ひらきけり　〃
母の忌を旅に在りけり閑古鳥　昭54
みづうみに雨がふるなり洗鯉　〃

この四句について五千石は、「私が、「眼前直覚」を俳句の在り様とするようになったのは、私の人間的はからいを捨てて賜った句の、そして多少は成功したという実体験に発しているのです」と総括している。作者は、四句とも「眼前直覚」による句と認識しているのである。

昭和五十年の二句は「身延の裏山を歩いていた。眼前にわかに竹の声が起った」「事実のままを叙し得て、既に山国にものっぴきならない春が来ていることを、即座に言いとめた」ものである。歩いて空白となった心がとらえた眼前が瞬時に句となったのがわかる。

一方、三句目が詠まれたのは、母の三回忌にあたる日であったため、心は、終日母の忌にあった。郭公の声だけがそのような心に響いたのである。空白の心でなく、母への思いに充ちていた心を、眼前只今の閑古鳥で確認した句といえる。

四句目は、一読、湖に雨が降っている景が浮かぶのだが、実際には、夜の宴席で誰かが「雨」と言った言葉によって窓外の雨を認識し、眼前の洗鯉と合わせて一句としたのである。事実としての眼前であるなら、〈夜の窓に数条の雨洗鯉〉とでも即興で作られるべき句であったはず。ところが、〃自分は、昼間に見た諏訪湖近くにいる〃という思いが潜在的にあったことから、「みづうみに雨がふるなり」と闇にあるみずうみを想って成した一句であると説明されている。昭和五十年の句と五十四年の句では、その「眼前直覚」の在り様はかなり異なったものとなってきている。

先の二句は、単純明解な「眼前直覚」であり、後の二句は、ある心の状況があり、それと眼前が結びついての「眼前直覚」である。単純明解な「眼前直覚」(これを「眼前直叙」と呼ぶことにする)をひたすらに実践したのが第二句集『森林』の時代であり、この句集が刊行された頃(昭和五十三年十月)より、「眼前直覚」は「眼前を起点とした飛躍」を含めての「眼前直覚」となった。眼前から直覚へ重心がやや移っていったのである。

4

考える(案じる)というのは俳句の毒になる。考えると、類想の危険が出てくる。／考えるより、歩く、歩けば犬だって棒にあたるというじゃないか。

(「畦」昭和六十三年十二月号)

「眼前直叙」の考え方を平易に示した言葉である。昭和五十年にはじまる「眼前直覚」の方法による作例には、続いて次の句も見える。「籟」は松籟の籟。

籟とほく鳴り出て松の雪解かな　昭50
雁ゆきてしばらく山河ただよふも　〃
麦秋や秩父ぐらしに午発破　昭51
巡礼に山日を強ふる竹煮草　〃
青嶺駆く大山彦は知々夫彦　〃
長黒穂抽く巡礼の途上にて　〃

「畦」昭和五十一年八月号の「あぜ・しるべ」には、秩父巡礼の成果について「「修行とは歩くこと」と先達は教えた。また「書くということは足で書くということ」と札所の学僧はさとした。そして私は「歩くことは、心を空しくすることであり、心を空しくするために一切の修行がある」と悟るのであった」とある。

歩いて心を空にすれば、即良い俳句ができるように読めるが、実は、そうではなく、空になってはじめて、その場の空気や事物が見えてくる。自分自身と一体のものとして、空気や事物が存在するようになるのである。寒明けの山野を歩き、心身を一度空にし、その心身を寒明けの山野の空気で満たし、山野と一体化したところで出会った事物を間髪を入れずに詠んで成った昭和五十年の句を、それ故に「眼前直覚」開眼の句と五千石自身が位置づけているのである。そのあたりについて、五千石は「あぜ・しるべ」に次のように書いている。

俳句は即興詩であるが、その時、その場の気配や事物を心にとめている用意があってのことだ。考える前にすでに身を囲む空気があり、眼前の存在がある。言葉をそこから打ち出すのだ。
（「畦」平成元年八月号）

見たままを十七字に写す、と報告になる。／まず、自分が、自分だけが、そこに立ち会っているか、どうか、を、そこでたしかめる。／わかりやすく言えば／自分の呼吸《いき》が、その十七字に通っているか否か、が大事なのだ。／俳句になって　いるか、いないか、はそこで決まる。

（「畦」平成二年十月号）

現在、私が主宰する「松の花」や俳句大会などの選句の際に基準としているのは、作者の息づかいが伝わってくるかどうか。それは、五千石が示したこうした考え方とほぼ同様、臨場感のある句になっているか、ということである。

5

五千石の第三句集『風景』（昭和五十七年、牧羊社）は、昭和五十三年から五十七年までの作品三二六句を収める。この期間は、五千石の年齢でいうと四十四歳から四十八歳にあたる。まずは、五十三年に詠まれた二十七句中から五句を引く。

西瓜切り据ゑてしばらく刃を引かず　昭53

水澄みに澄む源流のさびしさは　〃
句つくりははなればなれに冬木の芽　〃
葛湯たのしまま子白つ子などできて　〃
夕空の美しかりし葛湯かな　〃

この第三句集から、「葛湯たのし」のようにリラックスした句、「夕空の」のような美意識の句が見られるようになる。続いて、昭和五十四年作の六十七句から五句を引いてみる。

母の忌を旅に在りけり閑古鳥　昭54
みづうみに雨がふるなり洗鯉　〃
土くれに鍬の峰打ち山ざくら　〃
冬山の燈の数殖えも減りもせず　〃
冬山の蔵するものの上に坐す　〃

このうちの、はじめの二句については「考える前にすでに身を囲む空気があり、眼前がある」ところに眼前只今の季語を置いて成った句であることはすでに述べた。「眼前直覚」の代表的な作例として五千石自身が挙げているものである。

こうして並べてみると、〈みづうみに雨がふるなり洗鯉〉の句から、殊に昭和五十四年を代表する作としての気息を感じとることができる。瞬間の空気を発止ととらえているのは、「鍬の峰打ち」の句だろう。

蕪玉の揺るるは喜色こぼすなり　昭55
面前に雪白き山農具市　〃
じゆつぽんの指くしやくしやに胡瓜もみ　〃
これ以上澄みなば水の傷つかむ　〃
太郎に見えて次郎に見えぬ狐火や　〃

五十五年の九十二句からも五句を引いた。この年の五月、前述した『俳句の本

Ⅱ』に発表した文章により「眼前直覚」の理論が確立する。この年の作は、「眼前直覚」ではあるが、前年の作と比べるとかなり内省化したものになっている。五句目は、メルヘン的表現であるが、信州での疎開生活が背景にあり、心理的な闇を感じさせる。

6

『風景』に収められている昭和五十六年の作は九十五句。この句数は、第五句集『天路』収載の平成八年（急逝の前年）九十八句に次ぐ数で、昭和五十五年、五十六年（四十歳代の後半）がひとつのピークであったことを示している。昭和五十七年十月に第三句集『風景』を上梓し、翌二月には俳人五千石を育てた富士市から東京へと居を移すことになる。五千石四十九歳の時である。

この間、五千石と私との間に第二の出会いとも言える新たな関係が生じている。昭和五十六年六月に〝さねさしのつどい〟が発足。隔月で神奈川県下を五千石と吟行することとなったのだ。「眼前直覚」の理論を実践するための集団である。この〝さねさし〟に参加した面々が、後に「松の花」の幹部となる。この年の大雄山吟行（さねさし第二回）での三句が『風景』に収められている。

爽涼と法螺吹くことも法の山　昭56
秋声を天狗の風と聴きとめし　〃
法の山すでに身に入む音ばかり　〃

〝さねさし〟第一回吟行は大磯で行われ、〈潺湲《せんかん》と鴫立庵の木下闇〉〈身にかよふ夏夕ぐれの沢の声〉〈緑蔭の隙間天井日を洩らさず〉〈大緑蔭なして樹の名の個々あらず〉の四句が「畦」誌上に発表された。句会に〈潺湲と鴫立沢の木下闇〉で出句し、最高点となったものを、「沢」から「庵」に直して発表している。「潺湲」が水の流れるさま、音の意味であるから、「沢」では重複となり、「鴫立沢」の前書きもあることを考えれば、妥当な推敲が施されたといえる。しかし、この句は句集に集録されなかった。〃さねさし〃のメンバーとしては記念の一句としての入集を期待する心持ちがあったので、『風景』上梓後すぐに、この句を入集しなかった理由を尋ねてみたところ、

「この句を入れると句集のイメージが古いものになるんだよなあ」

との答えであった。たしかに、第二回吟行の大雄山での三句の方が、明らかにその調べが伸びやかで新鮮ではある。

五千石は、この〃さねさしのつどい〃の吟行に、昭和六十二年までの六年間、欠かさず出席している。

甲斐恵林寺
うち泣かむばかりに花のしだれけり　昭56
泰山木花の玉杯かたむけず　〃
在五忌の水の別れを見てゐたり　〃
水馬水ひつぱつて歩きけり　〃

上流の闇美しき夜振かな　〃
秋の暮と思ひゐる間も暮れゆける　〃
枯野より千筋の枯をひきゐくる　〃

「秋の暮」の句については、平成二年五月刊行の『NHK俳句入門　生きることをうたう』（日本放送出版協会）に「「秋」の日が落ちてからの「秋の暮」のその「暮れゆ」く速度に驚いている。その口吻《こうふん》がそのまま句になった。四十八歳の誕生日の句」との自解がある。〈秋嶺に晩紅とどむ誕生日〉もまた、この時の作。

7

早蕨や若狭を出でぬ仏たち　昭57

掲句は、句集『風景』を代表する一句であり、「眼前直覚」を代表する句のひとつでもある。昭和五十年に〈竹の声晶々と寒明くるべし〉〈開けたてのならぬ北窓ひらきけり〉で感得した「眼前直覚」の方法は、五十四年の〈母の忌を旅に在りけり閑古鳥〉〈みづうみに雨がふるなり洗鯉〉のように、その時に事実として眼前に見えていない物をも詠み得る「眼前直覚」へと拡張された。掲句では、訪れた土地や旅程全体についての思い、さらには俳句観や人生観といった思いを詠み込むまでに深化し、眼前の早蕨と出会うことで成立したのがこの一句である。「若狭料峭」と題された三十句の冒頭に配された句だが、この句は、実際には、他の多くの眼前の句を作った後、多くの仏を見た後で作られたものであっただろう。「若狭を出でぬ仏たち」との思いは、この旅の主題に対して五千石が導き出した答えだったのである。

荒鋤を埴と見て過ぐ仏みち　昭57
田螺らに水天井のとのぐもり　〃
大寺の応返あらぬ春障子　〃

靴先を波にあやまつ俊寛忌　〃
湖に向け素面の白の種案山子　〃
朝寝して旅のきのふに遠く在り　〃

この旅は、五千石の吟行の中でも最も収穫のあったものと言って過言でない。「朝寝」の句は、「若狭料峭」三十句の掉尾を飾るだけでなく、句集『風景』もまたこの句で終る構成となっている。「早蕨」の句について、『生きることをうたう』には、森澄雄の〈若狭には佛多くて蒸鰈《むしがれい》〉（昭和五十二年）に誘われ、春の小浜を訪れた経緯とともに「よくもこんなにすぐれた「仏たち」が、このいわば辺ぴな土地にたくさんいらっしゃるものだ、という驚きが、口をついて出た」との自解がある。「なんとなく「早蕨」を冠に据えてみましたが、これが雪深いこの地の春の喜びを伝えてくれるとともに、「仏」の恩寵のしるしのようにも思えて、成功しているのではないかと気に入っています」と自信を示してもいる。若狭行の三十句で俳壇に「眼前直覚」の旗印を打ち立て、『風景』は終る。

8

第三句集『風景』に収められたのは、四十五歳から四十八歳までの三二六句。第二句集『森林』が三十六歳から四十五歳の十年の二五四句で、さらにその前の『田園』に収載されているのは二十歳から三十五歳までの二一二句。これら句集毎の句数を比較してみると、寡作であった五千石が、多作に変貌していく過程が見えてくる。

四十代後半の句作に見るこの充実ぶりは、はじめ比較的単純な「眼前直叙」であった「眼前直覚」の理論が次第に自在さを帯びていく道程と軌を一にするものである。これには、俳句を専業とすることに決めたことも関係しているだろう。第四句集『琥珀』は三九二句。数としては多いが、四十九歳から五十八歳までの作品が収められていることを勘案すると、制作期間の長さに対し、『風景』の頃よりも作句数は少ない。

昭和五十八年二月、五千石一家は東京都練馬区貫井に転居。翌年四月には都内世田谷区成城四丁目に転居している。この頃より俳壇的には一気に多忙となる。「静岡では、仕事を頼みにくいと某総合誌の編集長に上京をうながされた」との言は貫井で聞いたものであっただろうか――貫井の五千石宅へは二度、夜に行ったのを覚えているが、用件ははっきり思い出せない――この頃から私は「畦」の会計に関与しはじめたものと思う。

昭和六十二年四月、五千石は、NHKテレビ趣味講座「俳句入門」講師となる。この頃から「畦」は爆発的に会員を増やす。高度成長の極みからバブル経済へと時代が移行していくのと同時進行であった。以降、五千石の〝さねさしのつどい〟への出席は年一、二回となる。

9

今、手元に「畦」の百号発行記念特集号（昭和五十七年十一月号）がある。私には新鮮かつ懐かしい内容の二百頁の記念号である。

まず、「師弟道—私の結社論—」が「俳句」の同年三月号から転載されている。

私の結社論は師弟の道に尽きる。

そして、それは「入門」の精神を不可欠とする師弟であり、一対一の指導原理に立つその集合にほかならないとするものである。

そうして学ぶところは、客観的な俳句という知識や技術でなく、師の俳句であり、師の学んだものを学ぼうとすることであり、師の人格を学ぶために全身全霊をかけることという、むかしながらの、あたりまえの芸道修行ということになる。

（「畦」昭和五十七年十一月号）

ところで、『田園』鑑賞の連載がこの号からはじまっている。五千石第一句集『田園』を一句につき三名ずつが鑑賞してゆくもので、〝さねさしのつどい〟の面々が順次執筆している。川島朗生、石橋まさこ、横山節子、牧野眞佐子、丸林花子、松尾隆信の六名である。そのはじめを私が書いているので、一部転載する。

五千石主宰の下に拠り俳句を詠む者である以上、その作句活動の原点として、五千石俳句の何たるかを知らなければならないのは当然である。単に知るだけでなく、己れの血とし肉となるまで食いつぶし、咀嚼しなければならない。

（「畦」同号より）

これは前出の五千石による「師弟道」に対する弟子からの応答となっている。また、「畦句会各地だより」で「さねさしのつどいについて」を書いている。

さらに、昭和五十七年度の畦賞・畦新人賞の発表もあり、新人賞の受賞者三名の中には私の名前もある。この記念号に寄稿している人たちの顔触れを見ると、「畦」の骨格は、このあたりでほぼできあがっていたことがわかる。

10

白扇のゆゑの翳りをひろげたり　昭57

四十九歳
新しきものに齢や茸飯　〃
東寺
塔しのぐもののなければしぐれくる　〃

『琥珀』の冒頭、昭和五十七年後半の作は、わずかに十二句を収めるのみ。作句から十年を経た目での自選であるゆえに厳しいものになったという面もありそうだが、この年の句作は、『森林』の巻末を飾った「若狭料峭」三十句を除くと、合わせて二十七句。五十八年の二十四句、五十九年の二十六句と比べて少なくはない。巻頭の〈白扇のゆゑの翳りをひろげたり〉は自信作の一つであったのだろう、次の自解がある。

「白」い「扇」を「ひろげ」ると、その「扇」面の襞《ひだ》々が淡い「翳《かげ》り」をつくっていることを指摘しただけの句であります。誰でもが見知っているところのものでありますが、あまりに当たり前なので句にしなかったのを、あえて言い取ったところが面白いと言えるかと思います。（中略）要は「翳り」を強調することで「扇」の「白」を、更に涼しさを言いたかったのであります。

（『生きることをうたう』より）

このように、五十七年後半の作は、眼前直覚の原点である『森林』の頃の句を想起させる、眼前直叙に近い静かでやや地味な句群となっている。この年の十月二十五日に『風景』を牧羊社より刊行している。

美しき鯉魚と群れゐし初昔　昭58
対のものいつしか欠くるひめ始　〃
火の鳥の羽毛降りくる大焚火　〃
涅槃会や誰が乗り捨ての茜雲　〃
亀鳴くはどの木の根元暮淡し　〃
まぼろしの花湧く花のさかりかな　〃

昭和五十八年前半の六句。二月に東京都練馬区貫井へ転居し、読売新聞での俳句時評も二月より（三年間）はじまっている。念願の上京を果たす前後の気力の充実した句群である。六句目について、注目すべき次の自解がある。

「これはこれはとばかり花の吉野山」という古句がありますが、「花のさかり」を前にすると誰しも絶句してしまうものです。私も「花」のむこうから「花」が「湧《わ》」いてくる眼前の景にしばし沈黙を強いられていました。

こういうとき芭蕉の「よく見れば」という言葉が生きてきます。我慢して「よく見」ていれば何かが発見できるものです。「まぼろしの花」が見えてきたのはそのお陰です。現実の「花」も「湧」きつぎ「まぼろしの花」も「湧」きついで咲き加わっているのが見えてきたのです。（『生きることをうたう』より）

この自解で五千石は、この句が、虚実の混交の句であること、そして虚（まぼろし）は、現実の眼前を我慢してよく見ているると見えてきたのだと書いている。

掲出句のうち〈火の鳥の羽毛降りくる大焚火〉の火の鳥の羽毛は、まさにまぼろしの羽毛であって、「大焚火」を見ているうちに見えてきたものであろう。五千石俳句の方法は、前出の自解のように、その場でまぼろしを見てしまうまで見るか、あるいは、その場を離れて、あるものをきっかけ（火の鳥の映画などでもよい）としてそれ以前に見た焚火を想起して成るかのどちらかである。五千石俳句の秀句は、このどちらかで作られている場合が多い。成るときは瞬時に成るのである。按じ、書き直し、書き直し練り上げた句に秀句は少ない。

今回掲出した句群の大きな特徴は、いずれも虚実混交の句であって虚の花、まぼろしの美が美しく詠み込まれている句であることである。掲出の句の後に続く〈心平の蛙ぴるると加はれり〉の句もまた虚実混交の句であるといえる。眼前直覚の三つ目の型として、よく見ると〝虚〟が見えてくる型が新たに加わったのである。「眼前幻視」「眼前虚視」とでも呼ぶとしよう。

11

昭和五十八年後半の句に移る。

筆買ひに行く一駅の白雨かな　昭58

この句を読むと、反射的に〈和紙買うて荷嵩に足すよ鰯雲　五千石〉を想起する。昭和五十一年に高山で行われた「氷海」鍛錬会での作。その折に、私は「畦」入会、五千石門となったのだった。この発心ともいえる一歩を踏み出す決心をしたのは、鍛錬会の一回目の句会が終わった後、三田己乗との数分の会話からであった。氏は程なく亡くなったが、爽と侠を合わせ持った人物との強烈な印象が今もある。「十二月一日　三田己乗急逝」との前書が付された〈あたたかき佛となりし師走かな〉の句が『森林』に収められている。脇道へ外れたが、「和紙買うて」の句についての自解を引く。

格別「荷」が重くなったわけではないが、それを「荷嵩に足す」と何となく旅の疲れが増したような気がしたのです。天に広ごる「鰯雲」を仰ぐにつけ、いまさらながら帰路の遠さが思われ、「和紙」の「買」い物が、ちょっぴり悔やまれる、というぐらいの句であります。

でも、ほんとうのことを言えば、一句は旅の充足感であります。ここらが俳句の妙味で、ひねった言い方と言っていいと思います。そこからの機微を説いて『紙の軽さに照応する表現が「買うて」と「足すよ」にある。「買って」「足せり」となるといささか言葉に目方がつく』と言ってくださったのは、飯田龍太氏でありました。

（『生きることをうたう』より　※傍点は筆者）

昭和五十八年の句を評するために、昭和五十一年の句とその自解まで引用したのは、「充足感」がこの二句を私の中で共鳴、共振させたことを書くためである。「和紙」と「筆」と近い題材であることも勿論あるのだが。練馬区貫井の自宅から、池袋まで筆を買いに出かけたときの実景であろう。書を望まれて書くためかも知れないが、軽やかな中に充実した心の気息の感じられる句である。「畦」を創刊し、眼前直覚の実践に手応えを感じつつある頃と、念願の上京を果たしたばかりの頃と、二つの充足感が、七年の歳月を経て響き合っているのである。

練馬貫井
向日葵の一柱立てて住みつけり　昭58
せりしやりと菜食厄日過ぎにけり　〃

これらの句もまた日々の充実をよく伝えているが、これより十五回目の厄日過ぎに五千石がこの世を去っていることを思うと、疾走の十五年のはじまりであったとも思う。この年の末に詠まれた次の二句には、上京後はじめての冬をむかえ、一年を終える彼の心の姿がよくあらわれている。

かへりみて来し方の枯ひろげたり　昭58

梟や出てはもどれぬ夢の村　〃

12

あたたかき雪がふるふる兎の目　昭59

昭和五十九年の作は、『琥珀』には二十六句入集。前年より二句多いが、厳選である。第二句集以後は制作順に編まれているのだが、年頭の一句としては、この年の次の句が最も知られている句であろう。手元にある『生きることをうたう』には、五千石によってこの句がペン書きされている。

前年に詠まれた〈美しき鯉魚と群れゐし初昔〉や昭和四十四年の〈雪催松の生傷匂ふなり〉（『森林』巻頭の句）などもすぐれた句であるが、やはり、この句が抜きん出ている。この句についての自解を引こう。

私の句には、先人名作がおりおり透けて見えています。模倣と言ってもいい、盗作と言ってもいい句がいくつもあります。たとえばこの句の場合なら、モチーフ（詩因）としては、

山鳩よみればまはりに雪が降る　窓秋

があり、句の骨格、あるいは句の調べは、

あたたかな雨がふるなり枯葎《むぐら》　子規

に負っていること明らかであります。しかし、この句はこの先蹤作品のお陰を得ながら私がいると言っていいようです。「雪がふるふる」白い世界に二滴の血のような「兎《うさぎ》の目」を点じてみると「雪」はいよいよやわらかく、「あたたか」な、懐かしいものに変わって見えてきたのです。

（『生きることをうたう』より）

先蹤作品の話は、〈早蕨や若狭を出でぬ仏たち　五千石〉に対しての〈若狭には佛多くて蒸鰈《むしがれい》　森澄雄〉〈菊の香や奈良には古き佛たち　芭蕉〉などとともによく挙げられる句である。この句の眼前については、二滴の血のような兎の目が

中心の句として説明されているが、私には、クローズアップされた兎の目の中に雪が降り込む様がイメージされる。そして白い雪が赤い雪となり、また白い雪となり降っている雪の二重奏のように感じられるのだ。この句の読みには、かなりの幅があるのではないかと、五千石自身による解説を読みながら思う。虚と実の渾然とした雪の降り様である。作者の意図する眼前の景よりも、はるかに大きな広がりを持った一句といえるのではないか。

また、自解に「血のような兎の目」とあるように、兎の目は美しい赤というよりも、野生の生々しさ、激しさ、厳しさ、あやうさ、あやしさを持った血の脈打っている目であり、単なる美しい赤い目ではない。命の本源を把んでいるのである。こうした傾向の作品としては、

たまねぎのたましひいろにむかれけり　昭61

品川水族館

魚族みなまなこ険しき四月かな　平6

などを挙げるべきであろう。もちろん、〈もがり笛風の又三郎やあーい〉〈太郎に見えて次郎に見えぬ狐火や〉なども、もがり笛、狐火にウエイトを置いて読めば、兎の目に通じる部分があるが、「兎の目」はより生々しい命の存在感を持って迫ってくる。メルヘンの美しい衣をまとった美しい雪と兎の目でありながら、〈萬緑や死は一弾を以てたる〉の句と同様、眼前の「兎の目」を通して命の本源をも見据えた、五千石作品を代表する一句である。

13

〈あたたかき雪がふるふる兎の目〉の他にも、昭和五十九年の作を見てみよう。上京から一年を経て、ますます充実の五十代のはじまりである。この頃から数年間、私や〃さねさしのつどい〃の面々が、東京句会や「畦」全体の運営にも深くかかわり、後に、そこから育った人材に引き継いでゆくことになる。

遠火事のごとき傷みを汝と頒つ　昭59
大寒に対す五十の面構　〃
風船を手放すここが空の岸　〃
金魚玉鼻のシラノの吾映る　〃
ふだん着の俳句大好き茄子の花　〃
いなづまのあとゆるやかに水ながれ　〃
風邪熱の恋慕の如き刻も過ぐ　〃

「空の岸」「茄子の花」などがよく採り上げられた句であるが、眼前直覚の句としては、「大寒」「金魚玉」「いなづま」であろう。「いなづま」の句は地味だが、味わいが深い。この頃、吟行会として新しく加わるものに「羊の会」がある。ひつじ年生まれの「畦」の女流たち（三田きえ子、山田諒子、横山節子、矢沢由起子、淀縄清子等）と五千石との吟行会で、第一回の出羽三山へは、私も特別参加した。第二回には、佐渡へも行っている。

信心の湯踏み短かし岩燕　（湯殿山）昭59
炉話の聖すめろぎみな流人　（佐渡行）〃
熱燗やろんろろんろと鬼太鼓　〃

ここで、前出の「ふだん着の」の句についての自解を引くことにする。

細見綾子さんに「ふだん着でふだんの心桃の花」といういい句があります。私の句は愛唱していた細見さんのこの句の模倣から生まれたと言っていいでしょう。「俳句」を作る、というと何となく構えてしまうものですが、「ふだん着の」それこそ「ふだんの心」でリラックスして作るのが何よりいちばん、と思うようになってきたのも、句作三十余年の功というものでしょうか。

自分の「俳句」もひとさまの「俳句」も「ふだん着の」それが「大好き」になった自分に、少しく驚き、改めて省みているようなところがこの句に出ていればまずまずというところです。「茄子の花」は平凡な取り合わせですが、それも「ふだん着の」付け合いであります。

（『生きることをうたう』より）

「リラックス」の語について五千石は「あぜ・しるべ」でも二度触れている。

リラックスというと、くつろぐこと、力をぬくことという意味でつかわれているが、「大いなる緊張」という名訳がある。／ものの変化に即応しうるのに力をぬき、でろりと怠っていては役立たない。／いつもやわらかく、自在な心の在り様、身体の持っていきかたが、リラックスでなくてはならない。／俳句の作者はつねに「大いなる緊張」のリラックスの中にありたい。

（「畦」昭和五十二年十一月号）

俳句をつくるのに〝構え〟てはいけない。日常茶飯、常住座臥、普段着の気持になることが大切である。自在さが肝要である。／そうでなければ、何も見えてこない。／リラックスしないと、自在な眼が働かない。（「リラックス」の名訳に「大いなる緊張」があるが、私の更なる名訳は「油断なきだらしなさ」である)。

(「畦」平成六年十月号)

こうした作法とその難しさを理解するために、次の二句を挙げたい。

あたたかき雪がふるふる兎の目　昭59

顎浸けて初湯の沖をみはるかす　昭60

いずれも年頭の句。前者は、調べはリラックスしているが、エレガンス(優雅)と野生の緊張関係を内包している。すなわち大いなる緊張としてのリラックスがある。後者は、リラックスが外形的でやや浅い感じが否めない。「茄子の花」の句においても緊張感はあわい。「大好き」などと用いて成功する句など滅多にないことを、私などは肝に銘ずるのである。

14

昭和五十九年の作〈ふだん着の俳句大好き茄子の花〉について追記しておこう。この傾向の句としては、句集『風景』に次の句を認めることができる。

葛湯たのしまま子白つ子などできて　昭53
じゆつぽんの指くしやくしやに胡瓜もみ　昭55

この二句は、それまでのメルヘン的傾向の五千石作品とは異なる、無邪気、素朴な世界をひらいた句として好評であった。しっかりと眼前の物をとらえてもいる。一方、「茄子の花」の句では、眼前の景として具体的なものは季語茄子の花のみであり、「まま子」「白つ子」「じゆつぽんの指」のような物は存在しない。本意本情の季語としての茄子の花が置かれ、その他は、自分の思いを述べているのみ。その思いの象徴として季語を用いているのである。

ここで加藤郁乎の「俳珠」（「俳句研究」平成六年五月号）という文章から一部を引用する。

贈られた横山節子『白秋記』に「句作りは一人大好き枯岬」があった。五千石句に遅れること数年の作、師弟愛の俳諧とでも称すべき伝授心法の好一例をここに見る。
（「俳句研究」平成六年五月号）

郁乎の目に止まる栄に浴した横山節子の句ばかりでなく、五千石の周辺で「大好き」を用いた俳句が多く作られ、また、眼前（季語）＋直覚（述思）のパターンで作られる句が増えてゆく。その原点となった句と言えるであろう。

この年の出来事で、作品の背景を考えるうえで触れておかねばならないのは、四月の世田谷区成城四丁目への転居である。練馬への上京から一年二ヶ月で、東京の中心といえる石原裕次郎邸近くへの転居。借家とはいえ、これで生まれ故郷（五千石は渋谷区の生まれ）の東京へ完全に戻ったとの思いがあっただろう。四十歳で「畦」を創刊、五十歳で練馬へ上京し、一年余りで成城に転居。同時期に「俳句とエッセイ」の選者となる。そして、五十四歳でＮＨＫテレビ「俳句入門」講師、五十七歳で俳人協会理事と彼が俳句の世界で望んでいた栄誉を次々と得ていくことになる。ある時、

「俺は変わってないのに、まわりの人間（の五千石に接する態度が）が変わってしまったんだよな」

という言葉を聞いた記憶がある。俳壇のスターになったのである。

かへりみて来し方の枯ひろげたり　昭58
梟や出てはもどれぬ夢の村　〃
寒鴉ふりむいて連れなかりけり　昭60
花鳥賊の冷えびえたるを舌にせり　〃
爽やかに生き冷まじく死なばよし　〃

一〜三句目にみられる孤絶感は、富士を離れてきた（それは、『森林』『風景』の句の世界からの離脱を意味する）との思いの表出であったかと思われる。

五千石自身にとっての「眼前直覚」が、歩いて心を空にした状態で感受する方法から、実際に歩かなくてもリラックスして作れば良いという都会人的な発想へと変化したのである。自身の身体を使っての句作りから、身体をゆるめての句作りへの変化は、次第に句の中から野生を弱めていく。

眼前を詠んだ句であっても、自身の体重のかかった言葉の力を感じさせなくなり、直に野生を感じさせるような句ではなくなってくる。

「俳句」昭和六十年四月号（飯田蛇笏特集）に寄せた「自然・眼前」と題された稿の「現代俳句は何を得、何を失ったか。一言でいえば「室内感情」を更に密室化し、而して「自然感情」と野性を喪失したのである」という文章は、五千石自身の姿が投影されたものとも読むことができる。

15

第四句集『琥珀』の前半に、すぐれた火、炎の句がある。山口誓子の「直観」「眼前凝視」の句として挙げられるものと対比してみよう。

鏡中に暖炉の部屋を天井を　誓子　昭7
壁炉にて火となりし薪透きとほる　昭39
客引が勝手に駅の暖炉焚く　昭40
焚火の穂ちぎれんとしてちぎれざる　昭41
壁炉の火水の如くに自由なる　昭60

火の鳥の羽毛降りくる大焚火　五千石　昭58
人日の鍋に火の舌這はすなり　昭60
火を食うて炎がそだつ焚火かな　昭61

美しき炉明りなればひともさず　昭63
畑焚火鳥瓜さへ投げこまれ　平3

五千石の句の「舌」や「穂」といった表現は、速見御舟の「炎舞」などの炎を思わせるものがあり、誓子の血脈を引く作品であることは明白であるが、〈火を食うて炎がそだつ焚火かな〉は、誓子の作品以上に火の根源をよくとらえている。また、〈火の鳥の羽毛降りくる大焚火〉の火の鳥の羽毛への飛躍は、ロマンチスト五千石の代表句。美意識の探求である。いずれの句も同質のものを異質のものとして取り合わせる手法によるものであるが、一方はリアリズムの極点として炎の命をとらえ、一方ではロマンチシズムを豊かにはばたかせる句となっている。

誓子の根源俳句から詩が生まれるのは、一元的に見えてもそこに異質なものへの変化を見て、その二つを合わせた、正反合の反と合の美学である。〈壁炉にて火となりし薪透きとほる〉は「火となりし」薪と「透きとほる」薪の二重の美しさを有する。〈壁炉の火水の如くに自由なる〉は、火の中に水を見、そしてまた火に戻る。正反合。水にして火、火にして水の自由な融合の境地である。誓子八十四歳の精神の高みを感じさせる。

五千石の〈火を食うて炎がそだつ焚火かな〉はある意味、誓子自身による句よりも誓子的手法の句といえよう。ただし、誓子が詠んだなら切字「かな」を用いず、「火を食うて炎のそだつ大焚火」とでもするだろう。誓子の作に「かな」を用いた句は極端に少ない。

五千石の〈美しき炉明りなればひともさず〉に対して、誓子の〈鏡中に暖炉の部屋を天井を〉を対置すれば、炉明りの句でも物に徹する誓子の姿が浮かぶ。また〈畑焚火烏瓜さへ投げこまれ　五千石〉に対しては、〈客引が勝手に駅の暖炉焚く　誓子〉を対置したい。誓子の素材の幅広さを感じる。

隆々と一流木の焚火かな　秋元不死男　昭40

丹後由良汐汲み浜の焚火かな　松尾　隆信　平6

焚火といえば、不死男の健康的な浜焚火の句が第一であろう。火の句に誓子の影響は強いが、不死男の影響を感じとれるものはない。私にも浜焚火の句はあるが、こちらは少し淋しい句。

夕焼けて西の十万億土透く　　誓子　昭21
涅槃会や誰が乗り捨ての茜雲　　五千石　昭58

季節は異なるが、ともに夕焼の景。西方浄土を想っての句である。誓子は、切字「や」もまず使わない人であった。これに対し、五千石は自在に用いる。夕焼と十万億土、涅槃と茜雲。よく似た取り合わせであるが、二人の俳人のちがいを顕著に示してもいる。

16

たまねぎのたましひいろにむかれけり　昭61

この句は「眼前直覚」の新しい作句態度の句である。この句は、歩いて頭を空にして成った句ではない。心が何かの思いに充たされている時に玉葱が眼前にあったわけでもない。また、じっと見る事によって「たましひいろ」が見えてきたのでもないだろう。瞬時に成った句である。では、リラックスの中の緊張の中で成った句であろうか。リラックスの中の緊張よりもさらに弛んだ心の状態であったであろう。「油断なきだらしなさ」と五千石自身が名づけているが、これに近いだろうか、自宅の厨房での句だと私には思われる。執筆の後か、前か、いずれにしても、おこたり、なまけ、ものうい状況――これを五千石は「懶《ライ》」と書いている（「俳句研究」平成五年五月号「山口誓子私見」）――の目に玉葱が飛び込んできて成った句のように思われる。この句には、構えがない。五千石はユニークな自解をのこしている。

　自作で自註し得ない一句である。第一、私は「たましひいろ」という「いろ」を見知っていない。どういうわけか、句集『琥珀』の中では、妙にこの句を好いてくれる人が多い。

（「俳句研究」平成六年五月号）

リラックス以上のリラックスがあって成った句であり、現実の世界とは別の世界の玉葱――五千石の魂――が生み出されたのである。眼前直覚の新しい世界がここにある。

七月二十五日　墓参

時じくのとろろや不死男先生忌　昭61

富士霊園その六三五番

霊園の一区七号閑古鳥　〃

富士霊園にある秋元不死男の墓。ここに〈冷されて牛の貫禄しづかなり　秋元不死男〉の句碑がある。今は、同じ霊園の文人墓地に五千石も分骨されているのだが、この経緯を昭和六十三年の次の二句から知ることができる。

富士霊園　文学者の墓に生前手続きす

風薫る青山ここに定まりて　昭63

ゆめに雪桂信子と墓仲間　〃

これらの句から思い出される余談を挿入しておこう。平成十八年四月十八日、深吉野に建立する五千石の句碑の件で、桂信子門の宇多喜代子（当時、現代俳句協会会長に就任され超多忙であったと思う）と会うことがあった。その際に、この墓仲間の句が話題となったのである。正確にこの句を覚えておられたので、とてもうれしかった。

茨木和生、宇多喜代子の両氏を発起人に、五千石門の各主宰を委員として〝深吉野五千石句碑建立委員会〃が発足。多くの人々の協力により、同年十一月三日、平野水分神社（東吉野村）の鳥居ちかくに建立された。

句碑となった〈合流をはたしての緩冬芒〉は、昭和四十九年、五千石四十一歳の作。句集『森林』に収められている。

17

みんなみはしらなみいくへ松の花　昭61

昭和六十一年の作で、もう一句どうしても触れておきたいのが、右の句。現在私が主宰する「松の花」の会及び誌名は、この句に拠っているからである。この句の書かれた色紙が、「松の花」編集室に飾ってある。「俳壇」平成九年十二月号の上田五千石追悼特集に寄せた「五千石思い出の一句」に、私は次のように書いている。

五千石先生の亡くなられるちょうど二ヶ月前の七月二日、成城のお宅へうかがった。七月五日からの伊香保での畦全国大会の打ち合せのためであった。

先生のお話は、例によって、最近の先生の執筆内容や座談会の様子などから、来年の三百号記念大会の開催日、場所や内容、記念の出版物などの話に及び本題にはなかなか入れない。俳句のことが楽しくてしかたがない。まさに五千石を中心に俳句がまわっているの感があり、二ヶ月後に逝かれるなど夢想だにできない元気振りであられた。

そのような会話の中で、突然、「そうだ、あの色紙を松尾君にやろう。「みんなみはしらなみいくへ松の花」君の住んでいる平塚、湘南のイメージにぴったりだ。「白波幾重」は、これから良い事がつぎつぎ寄せてくる感じで縁起のいい句だろう」。「かあさん、あの色紙は、松尾君にあげることにしたから、送って」。

後日知ったのだが、NHK学園洋上スクーリングの船上を飾っていた特別額装の大型色紙。わが家には過分のもの。

「もがり笛風の又三郎やあーい」の句でつながって来た先生との縁であった

が、「松の花」の一句を以て、笑ってさようならをいわれたような思いがする。この句の「松の花」を誌名として、一誌を同志と創刊することとなった。九月三十日、御霊前にご報告をした。

（「俳壇」平成九年十二月号）

昭和六十一年の特記事項として、「畦」百五十号記念号の発行があった。同号に「風の又三郎の縁」と題する山本健吉の寄稿があったのだが、その原稿を読み、「まさに『現代俳句』の文章ですね」「そうだな、『現代俳句』（注1）だ！」と喜び合った事などを思い出す。また百五十号の記念大会を東京ヒルトンインターナショナルで豪華に行った。二百号、二百五十号の記念大会に継承される、俳壇の人々の度肝を抜く華麗な大会のはじまりであった。

昭和六十一年の作としては他に次の句が挙げられる。

春の月思ひ余りし如く出し　昭61

白酒のとうとうたらり注がるる　〃
その音を秘すかに合はす切子杯　〃
白扇を用いて山気そこなはず　〃
月の村川のごとくに道ながれ　〃
色をなすもの一二穂枯葎　〃

注1　俳人必読の山本健吉著『現代俳句』を指し、この書を熟読した者の間で通じる会話となっている。

18

翁出て所作の一振り鍬始　昭62
うすらひに水のくまどり光悦忌　〃

てふてふのひらがなとびに水の昼　〃
翁忌といへば近江のかいつぶり　〃
階上の子も物書くか夜の落葉　〃
伊良湖
通らせてもらふ小春の菊畠　〃

二句目の光悦忌の句は、平成二年に詠まれた〈貝の名に鳥やさくらや光悦忌〉の先駆けの作品とも見ることができる。眼前の眼に着目すると「うすらひに水のくまどり」と、薄氷と水との関係に新たな発見があり、また「くまどり」の部分に春の光のきらめき、にじみがあり、本阿弥光悦のイメージの醸成に成功している。昭和六十二年の作品中で最も心惹かれる一句であるが、平成二年の光悦忌の句の華麗さ、光悦忌の句としての決まりよさに比してやや目立たない句となってしまった。あらためてこの二句をならべてみる。

うすらひに水のくまどり光悦忌　　昭62
貝の名に鳥やさくらや光悦忌　　平2

先行の句は「うすらひ」を起点とする眼前直覚、後の句は光悦忌の今を起点とした眼前直覚。先行句での光悦忌の確認があってこそ、後の光悦忌の句が成ったのであろう。名句や代表句の類は、いきなり生まれたようにみえて、種々の下敷きの上に花ひらくもの。後者などは、前者の眼前の確認作業があったからこそ得られた直覚の花といえよう。

当時、「畦」の東京句会は、芝の増上寺会館を主に利用していたのだが、この年の後半から成城学園前の砧区民会館に移っている。前後の事情は忘れてしまったが、成城学園前駅ちかくの焼鳥屋で、五千石と二人で昼の定食を注文して待つ間に交した会話が記憶に残っている。

「これからのテーマは美意識。美意識の時代だ。当分はそうだな」

「美意識だけですか?」

「そうだな。そのあと行きつく先は、宗教だろうな……」

19

昭和六十年代とは、バブル経済の時代。不動産業者は、今日買った土地を明日には倍で売るといった具合。金融機関は、無価値の山間の土地を担保として湯水のように金を貸し付けた。小金持ちが使いもしないワンルームマンションを節税策や投資としていくつも買う一方、土地を持てない庶民にとっては土地を持つことが絶望的なほどの高値となった。平成二年頃から、膨張した不良債権が雪崩をうって日本経済を直撃することになる。

そのような、バブル景気が頂点となりつつある昭和六十二年四月、五千石を講師としたＮＨＫテレビ趣味講座「俳句入門」が始まった（二年間）。評判は上々。その結果、第二の上京ともいうべき激動が五千石の周辺を襲う。まず、「畦」誌の急激な増頁。これはすなわち、急激な投句会員の増加によるものである。毎月百人前後の入会があり、毎月数十人の退会。日々のこうした管理は、霞夫人がきっちりとカードでされていたのだが、それを数値化して整理をするのは私の担当の一部であった。入会数の多さはともかく、その退会数の多さには、俳句投稿者とは何か？との思いを含め背筋を寒くするものがあった。大「畦」の十年のはじまりである。

越前行

おふくろの国に来てゐる端居かな　昭63
夕かげるときをもつとも水澄めり　〃
家にあれば寝るころほひを萩と月　〃
こゑごゑをさな夜寒さの湯戻りか　〃

これらの句には、さびしさが深められたしずかさ、心のくつろぎが感じられる。眼前の季語が、過去の回想との二重写しになる安心感、安定感があるからであろう。そして「萩と月」の句は、〈一つ家に遊女もねたり萩と月　芭蕉〉の古典美へとつながる。その美意識で眼前を掬いとった句を挙げよう。

夢に触れしは母かをんなか明易し　昭63
天蚕の織ぬんめりと初時雨　〃
美しき炉明りなればひともさず　〃
ぼろ市やかひなに着せて女物　〃
訪ひを待つとはいはず夕焚火　〃

五千石、本宮鼎三と酌んでいて、鼎三が「五千石は現代俳句の定家卿を目指しているんだ」と言ったのはこの頃。一句目は、桐壺、藤壺に通じるものがある。「ぼろ市」の句のように俳味を持ちつつ、妖艶、夢幻な句が多く詠まれている。

河馬の背のごときは何ぞおでん酒　昭63

昭和六十三年の作中において、「眼前直覚」「いま、ここ、われ」の臨場感の抽ん出ている句である。眼前即興のおかしみ、眼前微笑の句ともいえるが、五千石自身は「「河馬」のそれが「おでん」酒の酔いの中でちらとかすめたのを面白し」とした「戯作」であると自解している（『生きることをうたう』）。これも「眼前直覚」のひとつの拡がりと見ることができるだろう。

20

雀いろ出でて蛤焼きあがる　平元
貧交の誰彼とほし春の雁　〃
春筍の土衝く音を聞かざるや　〃
三枚の旅信発してひやさうめん　〃
鈴をふるごとくに竹の落葉せり　〃
水飯の身のほどかろくなりにけり　〃

約すべき後日などなし秋扇　〃
戀の字に學の字にひがんばな咲けり　〃
在りし日の不死男
茶の花や笑まひころせる師の小声　〃
色好む鬼のあはれも里神楽　〃

平成元年三月にＮＨＫテレビの講師は終り、四月からは、朝日新聞の「俳句月評」を担当（隔週三ヶ月）。この間、六月に天安門流血事件があった。新聞歌壇においては事件を題材とした作が多数選に入ったのだが、新聞俳壇ではそうならなかったことについて、五千石は、これは歌人・俳人の社会意識の浅深の問題でなく、短歌と俳句の「方法」の違いによるものであると書いた。さらに、

天安門事件や昭和終わる、の感動のオクタープは、十七音で生かしきるには大きすぎる。俳人はテレビ画面の選択された情報から取材しようとはしない。

百万人の共有感動ではなく、たった一人の、かけがえのない「われ」といういのちの「いま」を覚醒させる事物とのなまの触れ合いを待っている。俳句とはそういう「機会詩」なのである。

（「朝日新聞」平成元年七月九日）

と述べると、これに対して川名大が反論し、稲畑汀子、金子兜太も加わる。この月評では、当時の五千石の俳句実践の方向性、方法、「眼前直覚」の志向する内容があきらかになっている。これは、天安門事件に生に出会った人なら詠めるという意味でもない。そのような感動のオクターブは、十七音で生かしきるには大きすぎる、と五千石は感じた通りを書いている。たしかに、掲出の平成元年の五千石作品十句を読むと「感動のオクターブ」の高い句はない。しいて挙げれば、三句目、七句目あたりであろうか。厳しく評をすれば〝叙べている句〟〝言ってしまっている句〟。良く評すれば、勢いが感じられる句。

この年の「文藝年鑑」（新潮社）の年間回顧の中で「俳句は、微量の感動を十七音で十分に言い切ることを本願としている」と述べていることは、この年の、五千石自身の俳句の評としてふさわしい言ともなっている。彼の代表句の格調、品格の大振りの美しい姿はここにはない。静かに、ただひたすらに身辺の微量な感動を十七音の言葉で掬いとっている。〝美意識の句〟としては、「鈴をふるごとく」の句、〝リラックスの句〟としては「水飯の身のほど」の句が挙げられる。

なお、前掲の文章は、同新聞七月二日の「短歌時評」に河野裕子が「短歌という詩型に、機会詠、危機詠という分野があることが面白い。俳句の場合、機会詩の意識はあっても、直接に作品に現れてきにくいのであろう。同じ紙面の俳壇には天安門事件の句が一句もないのだ」と書いたことに対し、俳人の側から応答として書かれたものである。実際、天安門事件を詠んだ俳句の投稿はかなりあったようだが、各選者ともそうした句を選んでいない。つまり、作品のレベルの面で時事俳句の困難さを述べたものなのだが、冷静でない世風の中で、時事俳句否定論として受け止められてしまったのである。五千石は、俳句と短歌の「方法」の違いは、形式の相違、すなわち〝七・七〟の有無であり、これにより、単に字数の問題でなく、「叙《の》べる」か「叙べない」かの「方法」の決定的相違が生じるとしており、短歌と俳句の違いを主眼に書いたものであったのだが。

これに対する反論が、歌人ではなく、俳人の川名大（八月六日）からあり、稲畑汀子、金子兜太と朝日新聞の紙上で続いたことについて、五千石は「この短歌・俳句の形式と方法の論議は、争点を外れて、俳句の方法論、手法論へと移っていったのは残念だったが、これとて小さなコラム欄での応酬でなく俳句総合誌で充分に展開すべき問題であったように思う」と前出の「文藝年鑑」記事中で述べている。後の阪神淡路大震災、米同時多発テロ、そして東日本大震災の際には俳句総合誌も大きく動くことになるのだが、五千石は同記事を「商業主義に徹した俳句ジャーナリズムの指導性の無力化は、この小さな紙面の小さからぬ論争を見逃したことでも証される」と厳しく結んでいる。短歌と俳句の形式と方法の論議は、今であれば「詩歌句」誌などが取りあげるべき恰好のテーマだろう。

平成元年は、すぐれた文章の書き手であることに止まらず、批評家としての姿を五千石が見せた年といえる。

21

笑ふは花歌ふは鳥の屏風かな　平2
むき出しの仏の肩も寒の内　〃
あかときはむかしのくらさ寒卵　〃
逆流をすこしこころみ水温む　〃
春愁やのこして蕎麦のふた三すぢ　〃
貝の名に鳥やさくらや光悦忌　〃

平成二年前半の作である。五千石は五十七歳。一月から読売新聞で八週にわたり「俳句の面白さ」を連載。また「俳句」誌の鼎談を森澄雄、後藤比奈夫らと一年間担当。二月、俳人協会理事に就任。五月に『NHK俳句入門　生きることをうたう』を刊行。六月には「畦」二百号の記念大会を日本橋のロイヤルパークホテルで行うなど、俳人、批評家として働き盛りのピークに達した感がある。

そうした中で、多忙にもかかわらず、気力が好句を生み出している。正月二日、成城の五千石宅には、多くの門弟が集まり、秋に予定されているＮＨＫスクーリングのドイツ行（ベルリンの壁が壊されたばかりであった）の話などで盛り上がった。「畦」に東京在住のメンバーも増え、高揚感のある年頭となった。

掲出句を見ていくと、一句目は花鳥の屛風を「笑ふは花」「歌ふは鳥」と明るく、おおらかに詠んでいる。正月の五千石邸での空気を伝えているようだ。この句の傾向を深め、より美しく練りあげたのが七句目〈貝の名に鳥やさくらや光悦忌〉。五千石が五十代後半に目指した〝美意識の句〟を代表するこの作にみられる高揚感は、日本経済の高揚感を背景に、五千石自身の社会的、俳壇的な状況、気力、体力、「畦」誌及び会員の活動の充実の中で生まれている。他には私の愛唱句、

さびしさやはりまも奥の花の月　　平2

にも、五千石の美意識の一端がよくあらわれている。

花湧いて雲となる日の日高川　平2

いたく霞みて呼び返すには遠し　〃

なども景と情が一体となった佳句。ただしこの二句の間にある〈清姫のごとく馳せ出て落花追ふ〉はない方が良かったかもしれない。

これら高揚感あふれる作品群は、次の句へとつながっていく。

「畦」二百号

好日を梅雨にたまひぬ花あふち　平2

七月、「畦」誌は二百号を刊行した。

22

麦秋やあとかたもなき志　平2
雪渓の雪を啖ひて生き延びる　〃
仰がれて彩よみがへる盆の虹　〃
いやいやの二十三夜の稿に侍す　〃

秩父

番外の寺域よぎりぬ葉鶏頭　〃
新月や水の匂ひの水走り　〃
色鳥や淋しからねど昼の酒　〃
もがり笛洗ひたてなる星ばかり　〃

平成二年後半の作は、華やいだ雰囲気であった前半の反動ともいえるような一種の沈み、喪失感のような感じの句が並ぶ。一句目からは第一句集『田園』に収録の〈新しき道のさびしき麦の秋〉〈秋の雲立志伝みな家を捨つ〉といった作が連想される。そして〈ゆびさして寒星一つづつ生かす〉〈木枯に星の布石はぴしぴしと〉〈もがり笛風の又三郎やあーい〉などの世界はどこへ行ってしまったのだろうかなどと思うのは私ばかりではあるまい。「盆の虹」「新月」の句、そして最後の「もがり笛」の句には、かつての作に通じるものが残っている。

特に〈新月や水の匂ひの水走り〉〈もがり笛洗ひたてなる星ばかり〉は、平成二年後半における収穫といえるだろう。「生き延び」「いやいやの」「稿に侍す」といったストレートな表現には、疲れがそのまま出ているとも。

この年、五千石は初めて海外に出る。十月二十四日から十一月四日まで、NHK学園企画の「ベルリン・西ドイツの旅」の講師としてであった。この時に句会が一度だけあり、五千石は〈晩鐘に母のぬくみの冬燈点く〉などを出句したが、これらは「畦」にも句集にも載っていない。この翌々年にはイタリアへ行き、「俳句」（平成四年十二月号）に十一句を発表しているが、こちらも「畦」への転載、句集への入集はない。欧州行では「眼前直覚」の成果はなかったといえるだろう。

森澄雄にも海外詠はなかったようであるが、二人の作句方法で共通しているのは、吟行で句帳にメモをしない事である。私は澄雄の句会に同席した事はないが、澄雄門の榎本好宏、鈴木太郎とは澄雄流の作句方法をともに実践させてもらったことがある。酒をちびりちびりとやりながら、句帳を回覧し、各人が順に筆で書き込んでいくのである。国内においては、この方法で発想すること自体は、さほど困難ではない。だが、海外ともなると、メモなしでその日の見聞を内面化し、俳句として想起することは、困難さを増す。表面を通過してしまうことが多いだろう。五千石は、眼前直覚の作家、その場で詠みきる俳人というイメージが強い。しかし、いつも句会場に着いてから書いていた。吟行で歩いている時に書く姿は記憶にない。メモを取る俳人にとって、メモの言葉から発想して海外詠を作ることはそれほど困難ではないが、メモを取らない俳人にとっての海外詠は、かなり困難なことのように思われる。もちろん、方法論だけでその俳人の海外詠（特にヨーロッパ・イスラム圏）の有無について論ずるのは片手落ち。作家個々の気質や美意識に拠るものでもある。

23

句ごころの艶こそたもて切山椒　平3
たまきはるいのちのいの字筆始　〃
初蝶を見し目に何も加へざる　〃
家近くなるさびしさの夕桜　〃
花栗の楽湧くごとき夜を逢ふ　〃

他に〈サイダーの歓喜の泡もしばしなる〉〈麦笛の音色に山も谷もなし〉が「畦」平成三年七月号にある。また、「六月八日」と前書の〈約婚や日差を漕いで若楓〉も同号にある。五千石の長女日差子さんは、この年の十二月八日に都筑裕氏（「沖」同人であった都筑智子さんの長男）と結婚。

〈初蝶を見し目に何も加へざる〉〈家近くなるさびしさの夕桜〉の二句が平成三年前半で出色の句。並べてみると二句とも恋の句のようにも読める。美意識の深まりを感じさせる新境地の句といえよう。

雨ながら月のけはひの魂送　平3
色鳥や木の齢にも老と妙　〃
鶏頭にしのつく雨の宇陀泊り　〃
狂ひ咲く鉄線高さ失はず　〃
畑焚火烏瓜さへ投げこまれ　〃
山眠る行く人なしの道入れて　〃
檪や一男旅に一女嫁し　〃

第四句集『琥珀』の巻尾へと、力の籠った句が並ぶ。「色鳥や」「檪や」は、長女の結婚に起因する句。「檪や」の句を巻尾とするのは、私情としては十分理解できるが、〈山眠る行く人なしの道入れて〉を巻末に据える構成もあり得たのではないか。おそらくは「山眠る」の句は、芭蕉の〈此の道や行く人なしに秋の暮〉に近すぎると考えて、作句順としたのであろう。

新しき道のさびしき麦の秋　昭38
秋の雲立志伝みな家を捨つ　〃
家近くなるさびしさの夕桜　平3
雨ながら月のけはひの魂送　〃
山眠る行く人なしの道入れて　〃

第一句集『田園』の後記に「省みれば、私の句は全て「さびしさ」に引き出されて成ったようである。この「さびしさ」が深められて、しずかさにおいて凝集されるのが、いまの私の念じているところである」とある。三十年近い年月を経て、その淋しさは、しずかな深みとことばの美しさを増している。

24

佳句秀句すなどることを初仕事　平4
旅とても孤りかなはず都鳥　〃
紅燈の丸山ちかき寝酒かな　〃
紅梅やまなぶた撫でてみひらけば　〃

第五句集『天路』は、平成四年新年の作から始まる。掲出したのは巻首の四句である。一句目から三句目は、作句当時に五千石が何度も語っている自信作だ。一句目は、魚や貝などを採るように秀句を見つけては、採り上げる。すなわち漁《すなど》る俳人としての志の伝わってくる句。私もこの句に励まされ、選句を続けてきた。ところで、この句集の巻頭は二句目の「旅とても」ではじまる。「畦」に発表された順に次のように並んでいる。

旅とても孤りかなはず都鳥　平4
紅燈の丸山ちかき寝酒かな　〃
佳句秀句すなどることを初仕事　〃

「旅とても孤りかなはず」は一巻を通じての吟行句のすべてに通じる本音であるかもしれない――この言葉は、何十回も聞いている言葉ではあるが――しかし、発句的な働きをして、後の句もそれぞれにきっちりとよい立ち姿を見せるのは、「佳句秀句」を巻頭にした場合でないだろうか。

本人が生きて編んでいればどうであったろうか。『天路』は作者没後に〝第五句集〟として出版されたものだが、時を経て読み返すと、急逝への無念の思いから編まれたことがひしひしと伝わってくる。

同句集の平成四年の春の十二句中より四句を引く。

興福寺領の青きを踏み渉る　平4

田翁の鍬が啄ばむ雪間かな　〃
遠山の雪を花とも西行忌　〃

当時の作で、句集に採録されなかったものとしては、

松取るや門なきくらし久しうし　「畦」平4・2
驚けば外《と》は花冷の大月夜　「畦」平4・4
君知るやなんじやもんじやの花の鬱　「畦」平4・6
忘じたり花こんにやくの花ことば　〃
大阪にゆかりたづぬる西行忌　〃

などがある。いずれも新鮮でいきいきとした佳句。「西行忌」を詠んだ二句を比べてみると、『天路』所収「遠山の雪を花とも」の句は、先の句集『風景』や『琥珀』で目指した美意識の実践のひとつの到達点を示す堂々の立て句。この句

は虚子の〈遠山に日の当たりたる枯野かな〉を下敷きにしている。一方、「大阪にゆかりたづぬる」の句は、五千石流の軽みともいえる新しい境地が見られ、新鮮かつ、しみじみとした人生の味わいのある句。この時より十年前に「これからは、美意識の時代だ。その先……その先は宗教かな……」と言っていたことを思い出す。五千石が美意識の先へと、進んでいく姿が見えて来そうな句である。

遠山の雪を花とも西行忌

大阪にゆかりたづぬる西行忌

25

五月十五日

天上に雲の扉ひらく仏母の忌　平4

滅法界やさしかりけりセルの父　〃

蚊遣香父のをんなもみんな果て　〃
文弱のいのちの硯洗ひけり　〃
すさまじやをんながあふぐ杉の丈《たけ》　〃
湯豆腐の間にもしぐれのありしとか　〃

句集『天路』に収録されている平成四年後半の六句。一句目「仏母の忌」は、格調高く、眼前性にも美意識にもかなう。前出の〈遠山の雪を花とも西行忌〉と並ぶ、よい立ち姿の句。同時作に〈六甲の雲の泊りも明易し〉があり、六甲山の西にある摩耶山の天上寺（摩耶夫人をまつる）への思いもあっての句。

即興性ですぐれているのは、六句目。「湯豆腐」で軽い食事をしたのであろう。食事を終えて出てみると外が濡れていた。そのわずかな時間に起こった、わずかな変化への思いを共有することができる。京都の風情がある。

褻《け》（私・日常）の秀句といえるのが二、三句目。「セルの父」「父のをんな」と父を詠んだ句である。五句目は、女の句としては、艶でなく一種のおそろしさのある句である。この頃の作には、男と女をつきつめたものがある。

泪して吾《あ》を抱く鬼女にいなびかり　「畦」平4・6
行く秋の妻にしたがふ何々ぞ　〃
老いらくの髪うつくしき日傘かな　「畦」平4・7
蟻に蟻地獄をとこに何地獄　〃
秋風や化粧ひもならぬ男《を》の面《おもて》　「畦」平4・10
太地喜和子あらずなりたる近松忌　「畦」平4・12

一句目は、男と女の究極の相を照らし出した、すさまじい稲光りである。この句に触れた評を聞かないのはあまりにもすさまじ過ぎるからであろう。男も女も触れてはならぬタブーの領域へ踏み込み、見据えて成った作である。この句に比べると四句目の「をとこに何地獄」、五句目の「化粧ひもならぬ男の面」も踏み込んではいるが、男の側からの一面にすぎない。他に〈螢籠女中の恋をつひに知らず〉〈女中つ子の泣蟲泣けば蚊喰鳥〉といった作もある。
これらの句には、九月から週二回、静岡新聞に四ヶ月間連載した自伝執筆の影響が認められる。父、母について、そして自身の出生からを深く見つめ直す中で成った作品群である。

雲居より何も降り来ずかたつむり　「畦」平4・6
簾してものなつかしき常の景　「畦」平4・7
秋口や酢の効きすぎしにしん漬　「畦」平4・10
深空よりあまりしづかに一葉かな　〃
山盧忌の松茸飯となりにけり　「畦」平4・11
にぎやかに雲のぼりくる枯木坂　「畦」平5・1

淋しさから静かに平明な句へと、しだいに滋味を深めている。殊に最後の句は、不思議な感覚の作である。にぎやかであって、まったくの静寂。昭和六十一年の

〈たまねぎのたましひいろにむかれけり〉の「たましひ」が浮遊して枯木坂を登ってくるようだ。明るく、からっとしていながら、すさまじい句である。

「句集『琥珀』成る」と前書の付された〈おのがためねぎらひ酒をあたためむ〉の他に、淀縄清子句集『風に水に』への序句〈きぬずれのおのづからなる淑気かな〉、後藤望洋子句集『青岬』への序句〈ぼた山の禿頭に風薫らしむ〉、松尾隆信第二句集『滝』への序句〈瀑声のみちびく方へ紅葉狩〉、佐藤公子第二句集への序句〈うなづき爽やか明日の嶺を確かめて〉などもこの年に詠まれている。「畦」門人の句集が十冊以上も上木された、勢いのある年であった。

26

蓬萊や子が子を生《な》せば古男　平5

日差子へ
たらちねと呼ばるる汝《なれ》の四温かな　〃

この年以降、五千石俳句に加わった新たな素材は、孫である。素材というだけでなく、その存在によって新しい視点、新しい情感が作品中に展開してゆくのだが、句集『天路』に平成五年の作として収められているのは、「蓬萊や」の句と「日差子へ」の前書がある句との二作のみである。「畦」二月号には、他に「日差子長男を得し。一月三日」と前書のある〈餅花に生後七日の眼をひらき〉など五句があり、三月号に二句、六月号に一句の孫俳句が認められる。

初音あり声のひかりの初音あり　平5

いかなごや淡路は夕べさみしかろ　〃

点くとなく沢のほとりの暮春の燈　〃

誓子先生と

筆談を涼しく交し師弟たり　〃

六月二十日不死男先生十七回忌行はる。不参

或る忌こころに梅雨雀目に拾ふ　〃

平成五年の前半の作は、前年のすさまじい句群に比べて、静かで穏やかである。初孫の誕生とともに心やさしくなったのであろう。一句目の「初音」は、初孫の産声に通じ、明るさと初々しさのあふれる句となっている。続く「いかなご」の句は、平成二年の〈さびしさやはりまも奥の花の月〉の姉妹作で旅愁俳句といった面持ちだが、さびしさの深くなっているのは明らかである。三句目の「暮春の燈」は、地味だが、しみじみと心にひろがってくる。

仰ぐたび花待の枝撓ふなり　「畦」平5・4
雪解富士鑑《かがみ》に女人梳る　「畦」平5・6

句集外から引くとすれば、この二句。女人を詠んだ句も前年に比べ激減。健康的とも言える美しい作である。五千石にとって、前年が母、妻、娘を含めた女性との関係を問う年であり、初孫の誕生とともに新しい世界へと移った感がある。

誓子先生と
筆談を涼しく交し師弟たり　平5

この句は、六月、ＢＳ俳句吟行が呉の音戸の瀬戸で催され、誓子の指名により参じた時のもの。「耳のお悪い誓子先生との対話は筆談によらねばならなかった。（中略）その折のＢＳの同時三元放送の鎌倉吟行の有馬朗人組に「娘の日差子《ひざし》が出ています」と書いて差し出すと「おお」とうなずいて微笑を返された。その優しさに知性の鎧《よろい》の下の「情の誓子」の表情が露わに生《なま》に出たような気がした」と後に述べている（平成六年十月刊『俳句　１９８３〜１９９４』邑書林）。

この「筆談」の内容でなく、テレビで放映された映像に、誓子、五千石師弟の俳句観の最も異なる部分があらわれる。

27

前出の感懐は、翌三月に誓子が亡くなった際に、新聞に寄稿したもの。この「噫、山口誓子」と題された文章は、以下のように続く。

吟行では清盛塚に流れ寄る蜜柑をあわれと見て一句を作られた。私もそれを見とどけているが、季はすでに夏、私はその誓子先生の作を季外れと指弾した。先生は即座に「上田さんが、そう言われますので、これを冬季として後に発表することにします」と素直に引き下げられた。心ないことを私もしたものである。

（「東京新聞」平成六年三月二十八日）

同じ場面について、大石悦子も次のように記している。

昨年の六月十九日、ＮＨＫテレビが「青梅雨吟行俳句会」として山口誓子とその門下の人達の句会を、広島の音戸瀬戸から放映したが、その席上当季でない季物の句が出た。ご覧になった方もあると思うが〈清盛塚供御とし蜜柑流れ寄る〉という誓子の句で、最高点となった文句のない句である。

しかし、五千石はこの〈蜜柑〉は当季でないと主張して、嘱目の事実を理由に冬季の〈蜜柑〉を容認する人達と対立した。五千石は「季語を守るのが伝統俳句だ。『天狼』は特にそれをやるべきだ」と譲らない。なりゆきをはらはらしながら見ていたのだが、誓子はあっさりと「季語に問題がありました。冬の句として読んでください」と言って、和やかにその場をおさめた。私はその場面から多くのことを教えられ体の熱くなる思いがした。

（「俳句研究」平成六年五月号「さびしさのゆくえ―上田五千石論」）

誓子、五千石ともに「眼前」「いま・ここ」の作家であるが、誓子は、眼前、いま・ここにある物に全神経を集中する。五千石は、眼前、いま・ここにある当季の事象をとらえようとする。五千石の〃眼前直覚〃も「天狼」の〃眼前凝視〃

から発し、あるいは不死男の〝俳句もの説〟をふまえているのであるが、それは、早春の季感を眼前で確認した〈開けたてのならぬ北窓ひらきけり〉〈竹の声晶々と寒明くるべし〉から出発した〝眼前〟であった。ただし、誓子の〈夏草に汽罐車の車輪来て止る〉〈夏の河赤き鉄鎖のはし浸《ひた》る〉の物の存在感、迫力には比べようがない。五千石作品には、現代の新しい物はまず素材として登場しない。一方の誓子は、新しい物も古い物も季語も非季語も物として登場する。誓子にとって大切なのは、当季の季語でなく、現前にある物としての季語なのである。それは、結果として当季の季語であることが多いが、当季でなくともかまわずに作ってきたのである。そのことが端的にあらわれているのが次の虹の句。

虹の環を以て地上のものかこむ　　山口誓子『和服』昭25

誓子からもらい受け、私の所持している色紙に揮毫された一句。昭和二十五年一月に作られた句として「天狼」誌上に発表し、句集『和服』に収められている。

誓子の虹の句は、句集に収録されているものが四十五句あり、そのうち句集『和服』所収のものが三十五句。この中の二十五句が昭和二十五年に詠まれたものであり、一月に十三句、二月に八句、三月に一句、四月に三句、五月に四句、六月に一句、九月に一句を発表している。誓子にとっては、一月だろうと三月だろうと虹は虹。秋の虹、春の虹といった概念は存在しないのだ。句集レベルでは、生涯において「冬の虹」と詠んだ作〈出帆に手向けし冬の虹衰ふ〉がやっと一句あるのみ（『構橋』昭和二十九年）。したがって、誓子の作句法としては、六月であろうと眼前に蜜柑があれば、心の向くままに作るのである。これが五千石の作句法では、最初から、季語として作句の対象となることはない（特に晩年は意識して除外していたので蜜柑への指摘となったのである）。〝いま・ここ・眼前〟を大切にする師弟の間に、季語を一句の中でどう用いるかという面で、対極ともいえる大きな差異があるのだった。誓子の「直観」と五千石の「眼前直覚」は、同じであって、同じではないのである。

28

「直観」も「直覚」も、千年前からありそうな言葉だが、実際には、ドイツ語のanschauung、フランス語、英語のintuitionの訳語。明治期、西欧哲学を翻訳する際に漢字を組み合わせて作られた、比較的新しい日本語なのだった。正岡子規が〝俳句〟という新語を作ったとすると、それとほぼ同時期のことである。高山樗牛と姉崎嘲風がドイツ語sehnsuchtの訳語として〝憧憬〟を用いたことはよく知られているが、「国民の直観し感想し希求し憧憬する……」（嘲風）、「総合を尚び、直観を旨とす」（樗牛）といった当時の文中に「直観」の語が見える。

一方、これよりも早くに、西周が「雪に白しと知り、月に清しと知り、又聞て知り、嗅て知り、味はひて知り、覚えては痛しと知り、冷しと知るの類は之を名付けて、直覚」とintuitionの訳語として「直覚」を用いており、夏目漱石も小説「こころ」で用いている。

誓子が、その代表句〈炎天の遠き帆やわがこころの帆〉について記した文中に

「直観」の語が見えるので、その部分を引用しよう。

水平線の上に光る白帆を見た。それを見た瞬間、私はその帆を自分の裡より出て海上に立つ帆と直観した。いいかえれば自分の裡に帆があって、それが海上に投影せられていると直観した。（中略）言葉以前の原体験である。

（『花蜜柑』昭和四十二年、朝日新聞社）

終戦の一週間後に詠まれたというこの句は、「松の事は松に習え、竹の事は竹に習え」という言で芭蕉が示したような、対象と一体化しての表現となっている。多くの日本人が敗戦時に抱いた感懐が「遠き帆」と一体化され、普遍化されているのである。このように「観」の字には、ただ見るのではなく、深い洞察を加えるという意味が付加される。元は同じ語の訳語であっても「直覚」にはこうした意味合いが薄い。五千石は、見るという部分を強めるために「眼前」の語を加え、「眼前直覚」としたのだろう。そこに前述したような違いもあったのである。

29

五千石の第五句集『天路』の話に戻りたい。

渾身の一句生むべき裸かな　平5
くちかずを惜みて厄日送りけり　〃
夢寐《むび》の間も光陰のうちきりぎりす　〃
ひやひやと齢の華甲負ひにけり　〃

句集『天路』に平成五年後半の作は十五句が集録されているが、短歌的な詠嘆にちかいものが並び、眼前を正面からとらえた作がない。「畦」誌上に発表された句から引いてみよう。

林泉に日の斑ただよふ青木賊　「畦」平5・9

初孫《うひまご》に父情はつかや花茗荷　「畦」平5・10
浅草へ水の路とる小望月　「畦」平5・11
沼の澄みに見入るな山の神憑くぞ　〃
狐雨呼んでさらしなしようまかな　〃
瀬走るは木の葉山女の影ならむ　〃
身に入むや夢の途上に人と遇ひ　〃
坂鳥や覚えなき山晴れに出て　〃
遠からぬものに山雲一遍忌　〃
殉教の夜話とぎれとぎれなる　「畦」平6・1
発心の師走ざくらの花の数　「畦」平6・2

これらの句には、『天路』に採られた句と比較して主情の表白を控えた眼前性がある。特に「畦」平成五年十一月号の作品には、足を使って成った、感性の冴えた句が多く見られる。中でも、次の一句に注目した。

坂鳥や覚えなき山晴れに出て

渡って来た小鳥の群れが、夜明け前の峠を越えて飛び立っていく。それを坂鳥という（柿本人麻呂の歌にある）。その鳥が飛び去って行く彼方に今まで見たことのない山が見えている。それも意外にはっきりと近くにある。何度か来ても見えなかったものが見える驚きが活き活きと伝わる。晩秋、早暁の大気の澄みを季語「坂鳥」で見事に伝えている。豁然とした峠の眺望にして、一期一会の虚実の境に立つ秀句である。

〈身に入むや夢の途上に人と遇ひ〉〈遠からぬものに山雲一遍忌〉〈殉教の夜話とぎれとぎれなる〉〈発心の師走ざくらの花の数〉なども、いずれも、いま・この眼前を読み、そこはかとなく無常感の伝わってくる句である。「師走ざくら」の句は、相州大山で五千石の華甲を祝った際のもの。個人的には〈冬桜わがイつかぎり散りてをり　隆信〉と対をなすものとして心に残っている句だ。今、この冬桜を詠んだ場所には私の句碑がある。

また、〈狐雨呼んでさらしなしようまかな〉〈瀬走るは木の葉山女の影ならむ〉などには、眼前直覚の初期に通じる初々しさがあるように思う。

30

ことき れてゐればよかりし春の夢　平6
十年はまたたきに消えつばめ来る　〃
うちどめの恋永かれよ桜餅　〃
花はさくら木身は老いらくの恋男　〃
魚族みなまなこ険しき四月かな　〃
群泳の鰯壁なす人丸忌　〃

平成六年三月二十六日、山口誓子逝去。同月二十八日の東京新聞へ寄稿の「噫、山口誓子」については、前に触れた。この文章は「山口誓子先生が亡くなられた」ではじまる。この時に「山口誓子が亡くなった」ではじまるもうひとつの文章「山口誓子師を悼む」を共同通信に寄稿している。

一言に約すれば「俳句」という短詩型を詩のジャンルとして確立しようとした、ということである。そのことは連句の場から発句を独立させて、これに「俳句」という名を与えた正岡子規の仕事の延長線上にその詩学、方法論を構築し、「俳句」から不純物を排して、一個の純粋詩のヴィジョンの樹立を目指すことにほかならなかった。

（共同通信系各紙　平成六年三月二十八日）

と、こちらは山口誓子の俳句史上での位置づけを実に簡潔に示したものとなっている。さらに引くと、

「学問のさびしさに堪へ炭をつぐ」の最初期作から「御遷宮昔の伊勢の暗さなる」の晩期まで、全作品を貫通するのは、ある一筋のものがなしいものであ

る。生きることのかなしさであり、独り身のさびしさである。

海に出て木枯帰るところなし　（『遠星』）

月明の宙に出て行き遊びけり　（『晩刻』）

悲しさの極みに誰か枯木折る　（『青女』）

一湾の潮しづもるきりぎりす　（『和服』）

誓子の根源に在ったものは、これらの名句に必ず浸透している何かであり、それを寂（しず）けさと言い取っても誤りではなかろう。

（同紙より）

と、その作品に通底する〝ものがなしさ〟について言及している。私も、誓子のそうした面に惹かれて、その末流にある一人である。孤独感、孤絶感において最も深い句を作る俳人のひとりであった。

掲出の五千石作品に戻ろう。五句目の〈魚族みなまなこ険しき四月かな〉は、六句目とともに品川水族館でのもの。この句で思い出されるのは、詩人・宗左近。平成八年、ギャラリー四季の最後を飾った「上田五千石俳句展」で、展示作品中どの句を良しとされるかとの私の質問に、氏は、間髪を容れずに「魚族みな」の句を指して読み上げた。その理由を問うと、これも直ちに応えがあった。「四月の魚たちは、これから生殖へ向かって生き抜き、食べ抜いていく。四月は、のんびりとしたのどかなものでない。まさに生存競争。種族保存競争の真只中の魚の姿、面構、眼光が迫ってくる」と。この句について、俳人よりも詩人に評価する人が多いことは、五千石自身からも聞いていた。一種の純粋詩としての評価を詩人の宗左近から得たこの句、誓子が健在であったなら、いかに評しただろう。この年の眼前直覚の第一等の句。

はばたきの楽の音さやに蠅生る　「畦」平6・4
紅白の枝まぐはひて梅寂か　〃
高みより羽毛降らして春の塔　「畦」平6・5
さびしさはこころのさびや麦の秋　〃

このあたりの句は、不死男の息づかいに近い。

31

瓜番とならばツルゲーネフ読まん　平6
世に母と在りしたしかさ実梅捥ぐ　〃
羅や母とて女ざかり経し　〃
さびしさを涼しさとして倚る柱　〃
花合歓ややうやく愛づる人の恋　〃
枝豆やかの仏似のゆびの反り　〃
くわんくわんと犬ゐる町の蒼月夜　〃
小舎どこか釘打つ山の冬隣　〃
山晴もはかなくなりぬ大豆引　〃

平成六年の前半に続き、後半も充実した句作である。この年の九月号は、二百五十号記念号。キャピトル東急ホテルで祝賀会も行い、「畦」と五千石が、満月のように照り輝いた秋であった。五句目などは、人生の成功者としての自信なしには詠めない句であろう（加齢の寂しさも幾らか含まれているが）。これらの句群には、二、三句目に亡き母の句があることもあるが、寂しさから静けさを経て、懐かしさへとつながっていく感がある。〈紙魚とゐて故《ふる》きを温《たづ》ねゐたりけり〉（「畦」平成六年六月号）という句も。九句目、はかなくなるという擬人法による山晴。源氏物語の言葉ともいえる表現を大豆引の眼前へと結びつけている。句集以外の句にも佳句が多い。

一蛍を手がこひ言葉したたらす　「畦」平6・7
瀧岩の一角濡れず糸蜻蛉　「畦」平6・8
百日紅先生の忌も齢寂ぶ　〃
河童忌の下谷に雨の降り残り　〃

澄みきれぬものに湧きつぐ水の芯　「畦」平6・10
くもりなき秋の泉を誰も汲まず　〃
晩菊や岨畑につく捩れ道　「畦」平6・12

二句目「瀧岩の一角」と最後の「捩れ道」は、先師・秋元不死男の〝俳句もの説〟の風を伝える見事な眼前直覚の句。地味ではあるが見落せない作である。

炉火赤し寝がての夜の小舎ロビー　「畦」平6・11
にごり世のにごり酒くみ守武忌　「畦」平6・12

湯ヶ島白壁荘主人を悼む
山茶花に天城の瀬鳴かはらねど　「畦」平7・1

吟行会の下見の際、〝白壁荘〟の主人は留守だった。この時訪ねたのは五千石、霞夫人、貴子、私と妻の五人。湯の温度が低めであったため、五千石と二人で随分と長湯をしてしまい、女性三人に心配されたのだった。吟行会本番で泊った時には、主人は亡くなっていた。この「山茶花」の句を目にすると、そうした出来事なども思い出される。

32

期する日に山開あり初暦　平7

田子の浦港

出航やるるりくくりとかいつぶり　〃

うひうひしく病みあがりたる葛湯かな　〃

初蝶や立てて耳順の志　〃

遊び子に水の日永のありにけり　〃

山桜濡れ身の黒を観世音　〃

こゑ澄みてをとめぞ来ぬる牡丹忌　〃

平成七年一月、五千石は、嵌頓ヘルニアの手術で日大付属光が丘病院に入院する。この年前半の特記事項である。入院前に詠んだと思われる作に〈風邪の咽喉悲鳴惆喝くりかへし〉〈百薬を貢ぎて風邪をたつとべる〉がある。激しい咳が腸を刺激してのヘルニアであったかもしれない。そうした中にあって、一句目と二句目には気迫が感じられる。術後一週間位であったか、妻とお見舞に伺ったところ、「もうどこにも悪いところはない。健康そのものだ。医師が太鼓判を押してくれたよ」

と明るい表情。この時の話題の中心は、二月に発表する富士中央小学校の校歌作詞についてであった。作曲は「氷海」の仲間だった松村禎三。「うひうひしく」の句は、術後の入院が休養となってか、清々しい。ういういしさ、清潔感といったところは五千石の美意識の一つの特色。「畦」誌上には、次のような句がある。

風呂吹や旅づかれめく病みづかれ　「畦」平7・3

癒えゆくは身よりも心さくら草　〃

啓蟄や癒えて一歩の靴汚れ　〃

春遅々と術後の痩のもどらずに　「畦」平7・4

この時にもう少し細かな検査を受けていれば、あるいは動脈瘤を発見できたかも知れない、とも思われるが、二年前の時点では詮無いことか。徐々に体力も回復し、福井、箱根、岡山へと移動の日々となる。

追伸に白鳥の数初便り　「畦」平7・2

虚子忌またピカソ忌暁の目玉雲　「畦」平7・3

町川のよどみに灯入る花の宴　「畦」平7・5

くわんおんの羽賀寺《はがじ》の鯉の遅日かな　〃

水草生ふ若狭乙女の手濯ぎに　〃

夏めくや反りて童子の長睫毛　「畦」平7・6

雨安居に掘りてまゐらす葷のもの　〃

じゅんさいやよはひも妙の箸づかひ　〃
翠光の浴泉たばる走梅雨　「畦」平7・7
梅雨冷の石二つ撫で津山去る　〃

「虚子忌」の句は、木内彰志の「海原」創刊への祝句。異色の作である。同氏もすでに故人。箱根湯本「翠光の浴泉」を居とした平賀敬画伯もすでに故人。居宅は今、美術館となっている。

33

文月や佐渡のおとづれ途絶えして　平7
桃の種しはぶるまでの幸にあり　〃
碧眼《ウラジオストック》の秋澄む処女《をとめ》名はオリガ　〃

われに追風ひゝらぎの咲きさかり　〃

平成七年後半の作は、掲出句を含む十二句で終わっていて、そのあとに「自照—秋から冬へ（一〇〇句）」の題で百句が並んでいる。これは「俳句朝日」の翌年一月号に発表されたものが、一句も削らずに収められている。そのまま句集に入れるのは、五千石自身の意思であったのであろう。『天路』には、この百句の他、「畦」に発表の作から、十二句が集録されている。

蕎麦冷す水も泉の深大寺　「畦」平7・8

朝涼しわけてをとめのふくらはぎ　〃

八月十六日　永田泰嶺和尚の訃に遭ふ

爽秋の雲得て遷化したまへり　「畦」平7・9

ウラジオストック

島数を船尾に送り星月夜　「畦」平7・10

松尾隆信第三句集『おにをこぜ』に寄す

坂鳥の高嶺の方に転じけり　〃

かくの如きのみか凍蝶こときれて　「畦」平8・1

この時期の作品で「畦」から引ける句は少ない。三句目、永田泰嶺の葬には、五千石と並んで参列した。五千石にとっても「畦」にとっても物心両面で大きな存在だった。黄檗宗の宗務総長を務めた人で、「畦」同人会長として遇されていた。

『天路』にはウラジオストックで詠んだ六句のうち二句が採られているが、この「星月夜」の句も捨て難い。当時NHK学園は毎年のように海外吟行を企画していたが、これも洋上スクーリングの立ち寄り先での句。この辺までが、五千石作品中にみられる海外詠。そうした面では、五千石の俳句は、無器用かつ保守的といえる。これは逆に、最も俳人にふさわしく、必要な資質であるのかもしれない。ヨーロッパ的な思想や美術、文学に強い影響を受けてはいるが、異なった文明の風土へ踏み込み、その眼前を捉えて切り結ぶ志向は五千石の中に存在しなかった。

内発的な結びつきがないと作れない（作らない）のである。

この第五句集の題名『天路』がバニヤンの宗教小説『天路歴程』からとったものであること、また〈萬緑や死は一弾を以て足る〉がゲーテ『若きウェルテルの悩み』を読まずに生まれるわけがないことなどもその表れだろう。事実、詩作に熱中した十九歳当時の五千石は、ゲーテに傾倒していた。平成二年十一月、私は五千石とともにゲーテが散策したと伝えられるハイデルベルグの橋を歩いたが、ここでの俳句は発表されていない。この時の吟行記は「畦」誌上に私が詳しく記している。最後の句は、凍蝶の屍を客観視しようとする強い主観の句。

六句目、「こときれて」の言葉が平成六年の〈こときれてゐればよかりし春の夢〉に続いて出ているのは、作者の目がすでに彼の世とこの世を往き来している状況。『天路歴程』の心の状態であった一面を示すものであろう。

34

秋さぶや脇侍欠いたる黒仏　平7
応返の夜を爽やかに翡翠婚　〃
いなづまを天の沖にす言水忌　〃
月光に冷え来し口を尖らする　〃
水火なき厨の昼をきりぎりす　〃
邯鄲やすべるごとくに夜気ながれ　〃
大豆干す良寛さまの墓前道　〃

「俳句朝日」平成八年一月号に掲載された特別作品百句の冒頭は、「秋さぶや」ではじまる。型からすると「秋さぶの脇侍欠いたる仏かな」でも良いと思えるが、眼前の仏像を仏とは区別して表現することにこだわったのである。「黒仏」の「黒」は、仏像としての質感を表現するためのもの。両親共に僧籍を持ち、自身も寺内に長く住んだ五千石にとって、仏、菩薩と仏像、菩薩像とは、抽象の存在と具象の存在として明確に区分されなければならなかった。この百句中に〈冷やかな真夜や瞼のいく仏〉という句もある。これは、記憶の中の仏像であろうか。この場合には「いく仏」の「いく」でかろうじて具象化されている。五千石なりのこだわりの表現である。二句目「応返」は、昭和三十五年九月から三十五年目の、夫婦の爽やかな会話であろうか。三句目の「言水忌」は、陰暦九月二十四日。池西言水は「凩の言水」と呼ばれ、〈凩の果はありけり海の音〉で知られる。現代では、たちどころに〈海に出て木枯帰るところなし　山口誓子〉のイメージへと通じる。こうした先人の句を踏まえての「天の沖」であるのだが、この表現を良しとするかは、評価のわかれるところだろう。「いなづまは沖にありけり言水忌」で十分という見方もあろう。四句目「口を尖らする」の把握は、独特の厳しい美しさを月光によって感じさせる。五句目の「水火なき」は、昼間使われない厨の静寂をきりぎりすの声によって深いものとしている。六句目「夜気流れ」の感性、七句目の眼前即興。いずれも臨場感のある佳句だ。

かんむりに華髪を得たり菊の酒　平7
鶏頭や情払へば断乎たり　〃
山風に耳を洗ひぬ蛇笏の忌　〃
下京や雨をうるます夜なべの灯　〃
蛤の翁の句こそ身にぞ入む　〃
行く秋の蛤塚に舟を寄す　〃
流木を浸すに足らふ水の秋　〃

百句中、前半の秋の句（四十四句）では「蛇笏の忌」の句が白眉。〝耳を洗う〟は、世間の俗事に汚れた耳を洗い清めるの意味で使われ、栄達の話は耳の汚れであるとして、潁水で耳を洗った許由の故事による。ここでは、この故事は忘れて、素直な蛇笏忌の自省の句と解すれば良いであろう。「山風に耳を洗ふ」は、山廬に住み通した蛇笏、そして〈秋立つや川瀬にまじる風の音〉〈くろがねの秋の風鈴鳴りにけり〉といった風を詠んだ名句を想えば、絶妙にして品格のある句といえるだろう。続く「下京や」の句は、凡兆の〈下京や雪つむ上の夜の雨〉があってこその句ではある。当時、五千石自身がよく話題としたのは、この句であった。眼前を超えた自在境ともいえるだろう。

35

自嘲
黄落やいまにいそしむ贋作り　平7
七五三憶良が子らもまじるべし　〃
残る虫説法石に罅走り　〃
樹海冬必死の紅のもみぢ何　〃
遠からぬ瀧とどろきに蝶凍つる　〃
日の方へ富士のかしげる霜柱　〃
昏々とさざなみきざみ冬の水　〃

百句の後半、冬の季語をもちいた作は五十六句。〈うつた姫雲の浅間に降り立てり〉以後が冬の句となり、その三句目が「自嘲」と前書のある「黄落」(秋)の句。人生も黄落期に入ったのに贋物ばかりを作っている、という自嘲でありつつ、少々の美化とひらき直りといった思いも含まれている。「贋」の字で思い出したのだが、この句の詠まれる何年か前に、五千石から雁と雁擬(がんもどき)の話をきいた。それは、五千石の「雁もどき論」とでもいうべきものであった。雁擬とは、雁肉に似た姿や味を作ることから出発した故の名であろう。当初は文字通り雁の肉の代用品であったかもしれないが、今や雁擬は、雁肉とはまったく別物として好まれ、供される。関西では、飛竜頭というが、関東でこの呼び名を使うと、上方からの高級品といった感じがする。この名も独自のものでなく、ポルトガルの揚げ菓子フィリョースから来たものという。この〝フィリョース〟が〝ひろず〟となると、〝がんも〟と同レベルといった感じ。庶民の味、雁擬。これが飛竜頭(ひりゅず、ひろうず)となると、とたんに高級化する。そんな話であった。横道に外れたようであるが、つまりは、狩人のように雁を打ち落してくる大技はないが、大豆や山芋、にんじんなどで、それなりに立派な雁擬を作ることに勤しんでいる、との自画像である。

二句目、「憶良が子」は、足を使って得た言葉ではない。日本人なら誰でも知っているであろう山上憶良の〈憶良らは今は罷《まか》らむ子泣くらむそのかの母も吾《あ》を待つらむそ〉を下敷きにしたものだ。七五三では、もう歩かないなどと親を困らせている子をよく見かける。そうした嘱目からの発想とすれば、見事なひらめき。その言語感覚に脱帽である。ところで、この作は、あくまでも雁擬であって、決して雁の肉そのものの味ではない。五千石にとって、雁の肉は雁擬を作るための眼前の役割をはたすものであることが多い。眼前の実景を起点とするのが眼前直覚であるとの立場からすると、この句には、具体的な景が欠けているように思える。眼前の「子」ではなく、日本の文学の中にある子どもの典型として「憶良の子」が提示されているのみである。しかし、こうした味わいを出すために、本物を味わった経験の蓄積が必要となってくる。五千石にとっての眼前とは、雁の肉のようなものなのである。他の五句は、雁擬ではなく、雁の肉の句であり、直截に景そのものが目に浮かぶ。

36

咲くを惜しむといふやうにふゆざくら　平7
かくて主の如く枯野を追はれたり　〃
もがりぶえ初めに叫びありきとぞ　〃
生に倦まば枯蔓のごと吹かるべし　〃
寒暮光わが降架図に母よ在れ　〃

百句の後半で最も重要なのは、「もがりぶえ」の句である。いやこの百句中の一句といえば、この句で決まりだろう。五千石には、もがり笛の句が数句あり、そのうちの三句が重要な意味を持っている。

もがり笛風の又三郎やあーい　25歳　昭34
もがり笛洗ひたてなる星ばかり　57歳　平2
もがりぶえ初めに叫びありきとぞ　62歳　平7

「風の又三郎」の句は第一句集『田園』を代表する句であり、天才俳人・堀井春一郎をして「これが君だ。君ははじめて君の句を作った」と言わしめた、開眼の一句。禅宗の言葉でいえば正覚（悟り）の一句である。

「洗ひたてなる星」の句は、美意識を追求した句集『琥珀』中にあって〈貝の名に鳥やさくらや光悦忌〉と並ぶ秀句。

「初めに叫びありき」の句、美意識を抜け出た先に宗教を求めたのであろうか。新約聖書にある「始めに言葉ありき（「ヨハネによる福音書第一章」）」とは、創世は神の言葉からはじまった、神の言葉から世界がはじまったの意。では叫びからは何がはじまるのだろう。人の世のはじめには、叫びがあったはずであると言いたいのか。〝叫び〟とは〝言葉〟以前に存在したものである、と解せる表現である。

この「叫び」は、言葉（ロゴス）なのか情念（パトス）なのか……。はたまた、その二つの未分離であるものが叫びなのか……。人はまず生まれ出て、叫び声を上げる。産声のイメージまでもが、「もがりぶえ」と重なってくる。世界や人類、宗教や芸術、文学のはじまり、そして自身の出生といったものの根底にある叫びをも感じさせる「もがりぶえ」である。

三句を並べた中で、スケールが大きいのは、三句目。聖書の根元部分にある種興味や理解を持つ人に対するインパクトの強さは格別であろう。一般に、多くの共感を得るのは二句目で、類句が氾濫することとなった。一句目はナイーブで、私の最も好む一句ではあるのだが、「叫びありき」の句にある狂気、エネルギーには及ばない。

〝眼前〟という視点からみると、星の句は、眼前の美意識での把握、又三郎の句は文学的把握（叙情）、叫びの句は宗教、哲学的根源把握の方法によるもの。おそらく、五千石自身としては、この叫びの句があることによって、『田園』を超える百句を世に問うことができたと考えたのではないか。聖書を踏まえた句としては、草田男の〈勇気こそ地の塩なれや梅真白〉が有名だが、「始めに言葉ありき」を踏まえたことは、その認識においてより深いものがある。六十歳を越えてなおムンクの「叫び」にも通じる狂を持ち続け、爆発させた句とも読める。

37

呆とあるいのちの隙《ひま》を雪ふりをり　平7
侘助や机上浄らに置く日なく　〃
すりおろす葱の根つこも十二月　〃
うつせみの生身をかしき柚子湯かな　〃

平成七年末の句。「自照―秋から冬へ」百句は、この四句で終る。静かである。六十一歳のこの年は、嵌頓ヘルニアでの手術入院にはじまり、他に悪いところはないとの検査結果を受けて、後半は精力的な活動が再開された。この百句は、句集『天路』の作句時期の中盤にあたり、作品レベルにおいてのピークを形成している。当初は、句集『天路』もまた、この四句をもって終る予定になっていたと向田貴子が記しているように、巻末に置かれてもおかしくない、百句の結びとしての四句である。五千石が第一句集『田園』の後記で念じていた「さびしさ」が深められ、しずかさも凝集されている。

〈呆とあるいのちの隙《ひま》を雪ふりをり〉は、〈じだらくにありて夜長を更かしけり〉と対をなしている。六十代となった五千石の作句のありようを示す言葉としては〝じだらく〟〝呆〟を挙げることができる。

五十代のキーワードは〝リラックスの中の緊張〟〝ふだん着の言葉〟で、

ふだん着の俳句大好き茄子の花　『琥珀』昭59
河馬の背のごときは何ぞおでん酒　『琥珀』昭63
手だまにもとろや出羽《いでは》の初茄子　『琥珀』平元
滅法界やさしかりけりセルの父　『天路』平4

などの句は、その成果といえる。たしかに、余分な力の抜けた句となっている。これは、一面においては、力強い、立て句の減少とみることもできる。〝じだらく〟〝呆〟の六十代となったのだが、これは単なる自堕落や呆けではなく、その句のどこかに冴えた感性が通っている。〝冴えた呆《ほう》け〟とでもいうべきものが、前掲の四句にはある。

この四句は、次に引く五千石最後の四句と不思議に照応している。もちろん、五千石自身に辞世句との意識はなく詠まれた句である。当然、句集の巻尾に置かれる人生最後の句との認識などないはずなのだが……。

九月一日　四句

夜仕事をはげむともなく灯を奢り　平9

芋虫の泣かずぶとりを手に賞づる　〃

色鳥や刻美しと呆けゐて　〃

安心のいちにちあらぬ茶立虫　〃

38

朝の日の莞爾とふくら雀かな　『天路』平8
万両や身過ぎ世過ぎをきれいにし　〃
しほびきの一片炙り娶らざる　〃
有明は破船の形《なり》にもがりぶえ　〃
餅の黴削《そ》ぐボオドレエルの忌を知らず　〃

病後一年
童顔のめでたさもどる玉子酒　「畦」平7・12
初乗の左舷に佐渡を引寄する　「畦」平8・2

祝　松尾隆信句集『おにをこぜ』出版
みづからを恃むほかなし粥柱　〃

百句を発表した「俳句朝日」新年号の後も、その作句力は維持されている。春の作に佳句が多いが、まず、新年と冬の句に触れておこう。〃眼前〃の句としては一句目、これは美意識の系統の句でもある。〝眼前直覚〟のいま・ここの迫力は、四句目と七句目。特に「もがりぶえ」の句の、壊れた船の形と明け方の月とを結びつける感性は、すでに傷つき、傷んでいるといわざるを得ない。このはっとするような神経の繊細さ。ここには〈これ以上澄みなば水の傷つかむ〉の句の傷が吹きさらされている。白んだ空に、たよりなげに浮ぶ月であったのだろうか。

もがりぶえ初めに叫びありきとぞ　平7
有明は破船の形《なり》にもがりぶえ　平8

この二句を並べてみると、「破船」から、悲鳴にも似た叫びがきこえてくる。あわあわと消えいりそうな舟は、洪水の中を漂うノアの方舟とも。あるいは、同時作かと錯覚させるものがある。

これに対し、七句目「初乗」の舟の句は、男らしいきっぱりとした作。五千石は、心の中に二つの舟を持っていたのである。

三句目は、佐藤春夫「秋刀魚の歌」の塩っぱさに通じる味がある。五句目もまた以た味わいの佳句である。

八句目、平成八年一月に小生の第三句集『おにをこぜ』出版祝賀の際、この句の色紙を頂いたことを思い出す。「畦」内外から約百名の参加を得たことともに、私の五十歳の誕生日を華やかな一日としてくれた一句。前にも触れたが、同句集の序句に〈坂鳥の高嶺の方に転じけり　五千石〉がある。

39

しやらしやりと氷片ながれ山葵沢　『天路』平8
天気晴朗にして春の愁ひ深し　〃
手放せしごとくに見遣る春の雲　〃
亀鳴くやこころの家路いまに持ち　〃
怠りをつくしてさびし目借時　〃

〝まやまうでひとりはたせしこと文に〟

観音のほぞが目を剝く百千鳥　「畦」平8・4

靴先に陶片当つる三月菜　「畦」平8・5

一句目「しゃらしゃり」の把握は、〝眼前直叙〟の句として迫力ある男振りの作。「しやりしやり」ではないところに、五千石らしいふくらみと艶も仄と感じられる。師の〈鳥わたるこきこきこきと罐切れば　不死男〉に通じる空間のふくらみである。「しゃらしゃり」の「ら」一音によって、早春の山葵沢らしさがでた句となっているのだ。これが「しやりしやり」では、春の感じがない。

二句目「天気晴朗」は、「天気晴朗にして、波高し」の世界観。戦前よりの男性的な言葉。この言葉からはじまり、一句の後半は一転して「春の愁ひ深し」と女性的感性。五千石世代の精神構造の二重性がはっきりと感じられる作だ。

三句目の「手放す」には、

風船を手放すここが空の岸　『琥珀』昭59
涅槃会や誰が乗り捨ての茜雲　『琥珀』昭58

の二句と共通の感覚がはたらいている。これら二句にある、見上げる思いとの差を強く感じるか、共通性を強く感じるか。共通性があるから十余年の歳月の差も強く感じられるのではないか。「春の雲」には、過ぎた青春への思いといったものが込められているように思われる。成長したわが子を見ているかのように、何かしみじみと「春の雲」を見ている。こうした内面のありようは四句目「こころの家路」、五句目「怠りをつくして」といった表現にも通じる。

「まやまうで」の句は、母情と通じ、宗教と通じる思いが一体となった美しい調べの句。

観音像の臍を詠んだ七句目は、同じ宗教の句でありながら、宗教心を超えた作となっている。「ほぞ」の窪みが、一つの目のように感じられた。それはまるで一つ目小僧のように目を剝いて迫ってくる。観音としての美よりも、動物的な生命感をたたえた像。哺乳類の証としての「ほぞ」である。そして、まわりには、美しい百千鳥の声と姿。これとて生殖の真最中の営み。臍といえば、日本書紀に稚産霊《わくむすひ》の臍の中から五穀が生じたとある。仏教以前、記紀以前の代の生物の目が、「ほぞ」の窪からこちらを見ているようである。異色にして怪異、怪作である。

つづく「靴先に」の句は、『風景』所収の、

靴先を波にあやまつ俊寛忌　昭57

と対比して、楽しめばよい。『風景』を代表する俊寛忌の句に、地味ではあるが、その味わいの深さにおいて、負けていない。

40

越後魚沼郡

雪渓の垂れこむ邑の幟かな　『天路』平8

瀋陽

蠍《さそり》など食へば綺羅なす古都の夜雨　〃

七夕やさびしかなしの世に遊び　〃

身から出てあまり清らに盆の汗　〃

秋風や玩具ながらに笛太鼓　〃

邯鄲や阿蘇のしづけさ底知れず　〃

炉の秋や魚もけものも山の幸　〃

椽の実の無比の堅牢玩ぶ　「畦」平8・10

長き夜を書きては剝がす身の鱗　〃

五千石は、新潟、山形方面に何度も出掛けている。芭蕉のゆかりを訪ねることの他、豊かな自然、風俗、人情などに惹かれてのことである。一句目、雪渓の景は、新潟と山形の県境あたりのもの。新緑の美しい日本の原景をとらえている。「垂れこむ」という表現は、村人と山との神聖にして親密な関係を感じさせる。「眼前直覚」の句である。

二句目は、中国・瀋陽での作。「蟖」という珍しい季語が旅情を深めている。こうした叙情性は、三句目のように日常においても発揮されている。四句目は、自愛の句であろうか。「盆の汗」とすることで「盆」が効いている。五句目からは、孫への温かな眼差しが見てとれる。

ふりやみて越の序の雪あはれなり　『天路』平8

木枯や身ほそる苦労せずじまひ　〃

薬罐《やくくわん》に酒沸かしけり御命講　〃

さびしさは尖りて雪を着けぬ嶺　〃

水湊やさすらふかぎりうすあかり　〃

忘却のならぬ遠さに雪嶺泛く　〃

波郷忌にちかづく眼鏡玉拭けり　「畦」平9・1

六十三歳の誕生日以降の作。すなわち、最後の冬の句である。これらが「さびしさ」に引き出されてなった句であることは、四句目に顕著で、五句目の「さすらふかぎり」といった表現にもあらわれている。六句目の「雪嶺」も、心象風景ともいうべき不思議な「しずかさ」をたたえている。四句目「尖りて雪を着けぬ嶺」の孤独と、六句目のかなたに泛く雪嶺へのあこがれ。五千石の俳句は、二つの境地を行きて帰る中で生まれる。七句目、「眼鏡玉」を拭いている姿には、深い味わいがある。

三句目の「御命講《おめいこう》」は、十月十三日の日蓮忌。この日は親類縁者を迎え、酒でもてなす。芭蕉に〈御命講や油のやうな酒五升〉があり、五千石にも〈御命講毒強き酒くみにけり〉（昭和三十五年）がある。いかにもといった空気が伝わる「眼前直覚」の句。

41

見開きて寒夜の椿ありぬべし　『天路』平9
たらちねに生み遺されて悴める　〃
枯木あり倚れとばかりに枯木あり　〃
さびしさのじだらくにゐる春の風邪　〃
料峭や男の見栄のうたづくり　〃
水鳥の春やをりをり陸《くが》にのぼり　〃
虚子の忌をかぎりに花のうすれけり　〃
脂粉なき寒の遍路とすれちがふ　「畦」平9・3
　入生田
山風をいざなふ花の胎蔵界　「畦」平9・5

一句目、冴えのある句。擬人法によって、雪女郎をも思わせる「寒夜の椿」の存在感が表出されているが、甘さが程よく抑えられている。二句目は、末っ子の本性が出たともいえる、母への思慕の極み。たとえ何歳になろうとも母をなくした者、特に男性には「生み遺されて」の思いがあるもの。

三、四、五句目は、少々自身に甘えを許している句とも。ただ、五句目の「男の見栄」の受けとり方は様々であるだろう。一見、軽くおどけてみせているとも読めるが、私には、彼の心の底からの思いであったと思われる。「見栄」とは、他人によく見られるようにうわべを飾る、といったマイナスイメージの言葉であるが、「男の見栄」とすることで、〃男の意地〃に近い、何か開き直っているような感じとなる。その目線の先には、亡き父であり、母であり、誓子、不死男といった人たちが居るのではないのか。

八句目、「脂粉なき」というのだから、女性である。この「寒の遍路」は、一句目「寒夜の椿」と対をなしているとも。そして、母恋の二句目とも響き合い、女=母に対する「男の見栄」として、俳句に打ち込む姿が浮かんでくる。

この春は、五千石にとって生涯の最後の春。四月に、五千石、向田貴子、横山節子、私の四人で小田原市入生田の長興山紹太寺でしだれ桜を見、普茶料理を囲んだ。九句目はその折のもの。梵妻（後に「松の花」会員となる武内瑞女）が準備しておいた色紙に即吟でしたためた句である。七、八句目も同様に、この時、色紙に筆を走らせている。この寺は、五千石の住んだ富士市松岡の瑞林寺と兄弟寺で、五千石は青年期に何度も手伝いに来たことがある。第一句集『田園』所収の〈断髪の生まの襟足卒業す〉は、昭和三十三年にこの寺の娘を詠んだもの。
　翌年の一月、ここが「松の花」創立句会の場になるとは……。さまざまのことが、この桜とともに思い出される。まさに、そんな桜である。

42

道元の寺出て月の芋の花　『天路』平9
ねむごろの降りとなりけり余り苗　〃
早乙女を見ず国仲のさびしさは　〃

洋上に旬日消えし端居かな　〃
夥しき僧形梅雨のきのこのことなれど　〃
美しき嘘のかたさに青檸檬　〃
磨りおろす墨なめらかや夜の秋　〃
　　占部詩子句集『土耳古石』序句
滴りの環《たまき》なすまで連ぬべし　「畦」平9・6
平成九年、五千石最後の夏も、多忙の中に過ぎていった。「俳句研究」誌に一月号から一年間の鼎談講座「上田五千石の俳句再入門」（大串章と平井照敏にはじまり、斎藤夏風と三橋敏雄、青柳志解樹と今瀬剛一、鍵和田秞子と友岡子郷、福田甲子雄と星野高士、金子兜太と深見けん二、七田谷まりうすと三村純也、藺草慶子と藤田湘子、今井杏太郎と宇多喜代子、綾部仁喜と原裕、茨木和生と能村研三と、大家から新人まで多彩な顔ぶれによる鼎談であった）を連載。同時期に「俳句朝日」誌の連載もはじまっていた。どちらか一方でも大変な心労を伴う仕事（五千石の入門書は結局NHKの「俳句入門」をまとめた『生きることをうたう』のみとなった。先に連載をはじめた「俳句四季」の「俳句A・B・C」もNHKテレビの講師となったために中断に終っている）。加えて、吟行も精力的にこなしていた。松山、佐渡、香港・マカオ・広州などと続き、疲れが重なって不思議ではない。

一句目、「道元の寺」として浮かぶのは、永平寺。山中深い寺域、山間の一隅にある芋畑、そこに淡黄色の芋の花。月の光りにあわあわと存在感を放っている。月の涼しさ、山中の清浄感が伝わり、美意識と禅味の融合された深い味わい。品格ある「芋の花」となっている。

二句目、「ねむごろの降り」は、擬人法的な表現。やさしく、しっとりと余り苗の束を包む雨。濃みどりの苗を起点に茫々と植田がひろがっている。余り苗といえば、永田耕衣に〈月の出や印南野《いなみの》に苗余るらし〉の句があるが、これに通じる、祈りとでもいうべき感覚の句。

三句目は、佐渡の中央にひろがる国仲平野を詠んだもの。「早乙女」は、神事としての田植以外では、今日はまず見ることがない。日本の農村の機械化を確認している句といえるだろう。このように表現されると、その早乙女の紺の単《ひとえ》に赤だすき、白手拭いに、菅笠の姿が現前するようだ。

　五句目、珍しく字余りの句。上五が十音もあり、五千石作品中で最も長い句である。六句目、硬さの句としては、『田園』所収の〈青胡桃しなのの空のかたさかな〉（昭和三十五年）がすぐに浮かぶ。この二句の間には、三十七年の歳月があり、青春性と清潔感の「青胡桃」の句に対し、「青檸檬」の句には、そうした若さを眩しんでいる感がある。

　四句目「洋上」は、ＮＨＫ学園〝洋上スクーリング〟の香港・マカオ・広州行。前に記したように、船内のサロンを飾った〈みんなみはしらなみいくへ松の花〉の色紙は、当時の額装のままで「松の花」編集室に飾られている。

43

磨りおろす墨なめらかや夜の秋　『天路』平9

広島三瀧山

三瀧山去るや秋蟬甦り　〃

吾呼ばひ誰かこゑ振る露の秋　〃

そこばくのつかれも快楽《けらく》盆の果　〃

心してをさなへたよりうめもどき　〃

「畦」伊香保大会　懐石さつき亭

まづまづの誌齢積み得し竹落葉　「畦」平9・8

一句目、晩夏、土用の頃に、もう秋が訪れたかと思わせる夜が「夜の秋」。墨を磨るときの匂いや艶やかさが、いかにも涼しげに伝わってくる。興が乗ると、五千石は何十枚もの色紙を一気に書き上げたものであった（すべて異なった句で！）。充実感のある、快い句。

二句目、まず、「三瀧山」の地名から、滝音の谺する山の姿が想われる（句集では、この句の前に〈瀧つ瀬をなす水ばかり秋すさぶ〉の句が置かれているが、この句がなくてもある程度想像が可能である）。滝音にかき消されていた秋蟬の声を聴き取った瞬間の句である。「甦り」は、いま・ここの臨場感、さらに「秋蟬」の声が滝音の中に没入し、また顕れる前後の様を想起させる。滝音と秋蟬の声が永遠に循環してきこえてくる句。

三句目、〝呼ばふ〟は、〝喚ばふ〟とも書き、呼び続ける、繰り返し呼ぶ、大声に呼ぶの意がある（日本語大辞典）。季語「露の秋」と「こゑ振る」（振りしぼるの感じであろうか）とのかかわりから、この句は、遠くから誰かが声を振り絞って自分を呼んでいると感じている、と読める。臨場感のある句ではあるが、多分に心象的な句でもある。心身の内側からの呼び声、もう一人の五千石自身による声であるとも。

もがり笛風の又三郎やあーい　『田園』昭34

もがり笛洗ひたてなる星ばかり　『琥珀』平2

もがりぶえ初めに叫びありきとぞ　『天路』平7

有明は破船の形《なり》にもがりぶえ　『天路』平8

といった句から感じられる〃叫び〃は、激しい。「三瀧山」の二句からは、激しい〃叫び〃から〃叫び合う〃へ、呼び声を聞き、心中に呼び返すといった転換を感じることができる。そこには、叫びから呼び交わしへの移行、「さびしさ」から「しずかさ」への移行がある。

四句目、「つかれも快楽」という気力は、三句目の「こゑ振る」に通じる心持ちであろうか。「こゑ」は、父や師、そして母であり、マリアであり、観音のそれであるとも思われる。

五句目の「をさな」は、平成五年一月に誕生の初孫の現。この句が詠まれた頃は、四歳となる少し手前。かわいい盛りである。この孫に向けて、旅先からだろうか、平仮名か、絵での便りだろう。孫の記憶に残すために。この次の次には絶筆の四句がくる。結果として遺言に近い便りとなってしまったが、この句も前二句と同様に気力に充ちた作である。

六句目、「畦」最後の大会は、七月五日～六日に伊香保で開催された。「まづまづ」という表現からは、含羞とともに「畦」主宰としての自負心が窺える。

44

九月一日　四句

夜仕事をはげむともなく灯を奢り　平9
芋虫の泣かずぶとりを手に賞づる　〃
色鳥や刻美しと呆けゐて　〃
安心のいちにちあらぬ茶立虫　〃

こうして、この四句を書き出して眺めていると、平成九年九月二日の夜に電話で五千石急逝の報を受けてよりの、一連の光景がまざまざと浮かんでくる。この四句に対して、いまだ客観的に対し得ない自分を感じてしまうのであるが、筆を進めることにしよう。

一句目、鼎談、吟行、執筆と「夜仕事」を励まなければ、こなして行くことのできない多忙な日々。この夜もまた、いつものように机上の「灯」を点し、そろそろ筆を執って仕事をはじめようかと思っている。明るく点してはいるが、気力いまだ満ち来ずといったところであろう。

二句目の「芋虫の泣かずぶとり」とは、掌にのせて、丸々と太った芋虫が蠢く様を見ての感懐。この「泣かずぶとり」という独特の描写には、激務に耐え、弱音もはかず俳句の仕事に邁進する日々の中で、運動不足とストレスによって太り気味となった自身の姿が投影されているのではないか。

三句目、「色鳥」とは、秋に渡来する種々の美しい小鳥たちを愛でていう言葉である。実際には、里へ下りてくる留鳥も含めてそう呼ぶのだが、庭先に現れては消え、また来る鳥たちを見ていると、飽きることがない。何もかもを忘れていられる至福の時ともいえるだろう。これが、六十代の五千石が至った〝呆け〟の境地であることは前述した通り。ただし、この句の〝呆け〟には、疲れと加齢への意識が多分に含まれてもいる。

四句目、「安心のいちにちあらぬ」で、この句は一旦切れているのであろうか。「あらぬ」を分析すると、動詞「あり」の未然形に打消しの助動詞「ず」の連体形がつながったもの。では、この句においても「安心のいちにちあらず」と終止形で切った場合と同じ解釈でよいのだろうか。きっと、そうではないのだろう。終止形で切ると「茶立虫」の季語は、上五中七で述べられた思いに対する象徴として置かれていることになる。つまり、まるで茶立虫のように、目立たないけれども忙しく働いている、との句意になる。これに対し、「安心のいちにちあらぬ」とすると、上五中七は「茶立虫」に係る表現となり、「茶立虫よ、おまえさんには、安心の一日はないのだなぁ、私のように。私と同じなのだなぁ」となる。連体形を用い、はっきりとは切らない型は、『森林』の代表句の一つ〈山開きたる雲中にこころざす〉の「山開きたる」と同じである。「茶立虫」の句の「あらぬ」という連体形の措辞には、「あらぬ思い」「あらぬ方」といった用例がある分、その切れはさらに弱くなっている。理では切れているが、情では切れていない。まるで、だまし絵のように循環する表現となっているのである。

また、この句の「安心《あんじん》」は、仏教用語としてのそれで、信仰によって心を定め、心が動じない状態となるの意である。「安心」の一日を求めているが、そのような一日は、茶立虫よ、おまえと同じように来ないのかなぁ。だけれどもおまえも私と同じように求め続けて、その静かとも忙しいとも感じさせる音をたて続けているのだなぁ。そんな思いの吐露。句集名を『天路』としたことも、おそらくはこれに通じる思いがあってのことであろう。『天路』は、ジョン・バニヤン著の小説『天路歴程』（原題 The Pilgrim's Progress）から採ったもので、「この世から来たるべき世に至る巡礼の旅」は生涯続けねばならぬ旅、との思いからの命名と推察できる。この一句は静かであるが、「茶立虫」と一体化した五千石の魂の叫びが強烈に迫ってくる。芭蕉の辞世として扱われる〈旅に病んで夢は枯れ野を駆けめぐる〉の句にみられる執念について、芭蕉自身が「妄執というものであろう」と語ったといわれるが、この茶立虫の執念もまた並々ならぬもの。芭蕉の句のようにストレートな叫びではないが、静かに抑えられた必死の叫びが聞こえてくる。

五千石と茶立虫がひとつに重なり、一体となった「眼前直覚」の極点の一句である。

45

過日、あるパーティの後、十人程の二次会の席で、

ゆびさして寒星一つづつ生かす

などの句をすらすらと口ずさんだ人があった。私よりもかなり若い俳人であった。彼の話しぶりから、上田五千石の第一句集『田園』を読んでいることがわかった。掲句はその冒頭の一句である。他には〈告げざる愛雪嶺はまた雪かさね〉〈寒林の透きゐて愛の切なきまで〉〈木枯に星の布石はぴしぴしと〉などがあったろうか、五千石の青春俳句の中から、彼の青春と合致したものを愛誦しているのだと感じられて嬉しくなった。

ここまで、主に第二句集『森林』以後の五千石作品について、その成り立ちを考察してきたが、その目的は冒頭に述べた通り。本稿は、五千石の落としたあの涙に基因するものであり、『田園』後の作句法である「眼前直覚」の深化を辿ることで、その句業全体を再評価するものである。このことは、『田園』の価値を認めることと決して矛盾しない。

私の五千石俳句との出会いは、『田園』中の次の一句であった。

もがり笛風の又三郎やあーい

昭和四十四年一月、角川「俳句」二月号に掲載された「第八回俳人協会賞決定発表」の記事にあった「上田五千石『田園』抄（五十句）」中の一句。私は、当時出していたガリ版誌の編集後記に早速この句を引いた。そして、それから七年の後、五千石門下となったのだった。五千石の第二句集『森林』の頃である。

本稿のテーマとして掲げている「眼前直覚」は、五千石が自身の作句のありようを示した語。前掲の〈ゆびさして寒星一つづつ生かす〉は、その実践方法を絵に描いたような句とも読むことができる。眼前に懸かる星を一つひとつ丁寧に指さして確認してゆく姿勢は、芭蕉の「松のことは松に習へ」にも通じる。五千石は「いま・ここ・われ」「眼前直覚」をすでにこの句において体現していたのではないか、とも思えるのである。

しかし、実際には「眼前直覚」という言葉は、俳人協会賞受賞後、長期のスランプ状態に陥っていた五千石が、『田園』時代の方法を捨て去り、再出発に際して掲げた言葉であった。あらためて「眼前直覚」の推移を俯瞰することにしよう。

46

竹の声晶々と寒明くるべし
開けたてのならぬ北窓ひらきけり

前の句については「身延の裏山を歩いていた。眼前ににわかに竹の声が起った」、後の句には「ある峠を越したところで、蚕屋の二階の北窓の板戸を外しているのに出会って」との作者自身による解説がのこされている。「事実のままを叙し得て、既に山国にものっぴきならない春が来ていることを即座に言いとめた」二句。こうして認識した作句のありようを「眼前直覚」と表現したのである。

黄檗宗の瑞林寺に起居し、坐禅を組むこともあった五千石にとって、禅で得られる〝正覚〟に近いもの、同様のものとして自然に湧いた言葉であったのだろう。「直覚」の語は、明治期に哲学分野の訳語として用いられるようになったものであるが、五千石はこれを「眼前」と組み合わせ、新たな語としている。第二句集『森林』には、「眼前即興」にして眼前をそのままに述べた「眼前直叙」の句が多く収められている。

雪催松の生傷匂ふなり

みちつけて水の出てくる深雪沢

山開きたる雲中にこころざす
暮れ際に桃の色出す桃の花
和紙買うて荷嵩に足すよ鰯雲

ちなみに、私が五千石門下となったのは「竹の声」の句の翌年（昭和五十一年）。歩いて、頭を空にして作る。私自身の句作も十五年を過ぎ、出直しとの思いが強い時期でもあったから、惹かれたのであろう。私も五千石に従って「眼前直覚」を、すなわち「眼前直叙」の句型をひたすらに、愚直に実践した。

母の忌を旅に在りけり閑古鳥
みづうみに雨がふるなり洗鯉

五千石は、これらの句についても「竹の声」などの句と同じ、「眼前直覚」による作としているが、作句方法としては「眼前直叙」ではない。「母の忌」の句は、心を空にしての句ではない。逆に、母への思いに充たされている状態の「われ」が「いま・ここ」の季語と出会ってできた句なのであった。「みづうみ」の句は、一見「眼前直叙」の句のようであるが、実際には、夜の宴席で誰かが「雨」と言ったのを聞いて、昼間に見た湖を想起し、眼前の季語「洗鯉」を得て成ったもの。「季語＋想（を述べる）」型の「眼前直覚」である。第三句集『風景』の頃には、このような方法をも「眼前直覚」に含めることによって、『森林』時代に感じられたある種の窮屈さ、堅苦しさから解放される。五千石俳論は、ここに確立されたのであった。

水澄みに澄む源流のさびしさは
夕空のうつくしかりし葛湯かな
土くれに鍬の峰打ち山ざくら
これ以上澄みなば水の傷つかむ
太郎に見えて次郎に見えぬ狐火や

早蕨や若狭を出でぬ仏たち

第三句集『風景』には、五千石の句作がもっとも旺盛であった四十代後半の作が収められている。同句集の巻末は、昭和五十七年の若狭吟行に取材した三十句をもって終わる。私とのかかわりで言うと、五十六年六月に〃さねさしのつどい〃（五千石が命名）を発足。隔月で神奈川県下を中心に吟行をおこない、「眼前直覚」を実践するこの会を、五千石は六年間欠くことなく指導した。

47

火の鳥の羽毛降りくる大焚火
涅槃会や誰が乗り捨ての茜雲
まぼろしの花湧く花のさかりかな
もがり笛洗ひたてなる星ばかり

第四句集『琥珀』から引いた。これらは、『森林』『風景』で身につけた「眼前直覚」に美意識の衣を被せたものと言えるだろう。五千石は「まぼろしの花」の句について「現前の現実を我慢してよく見ていると見えて来たのだ」と自解している。

「火の鳥の羽毛」「誰が乗り捨ての茜雲」「洗ひたてなる星」といった美し過ぎる言葉を用いることにも耐え得る十七音詩。これらを「眼前幻視」の句と呼びたい。絶えざる「眼前直覚」の修練を経て得たひとつの成果であった。

うすらひに水のくまどり光悦忌

貝の名に鳥やさくらや光悦忌

隈取りとは、絵画表現において墨の濃淡や彩色をぼかすこと。この句の「くまどり」は薄く張った氷のそれであるが、本阿弥光悦の色紙にあしらわれた月の隈取りを想起させる。こうした料紙は俵屋宗達によるものという。水と光の織り成す隈取りの発見。作者の美意識が反映された「眼前直覚」の極致とも言える秀句。昭和六十二年、五十三歳の作である。その三年後には、さらなる美意識の追求により、名句とも言えるもうひとつの光悦忌の句を生み出している。「鳥やさくらや」は、よりおおらかで、音韻も美しく練り上げられている。「眼前幻視」の傑作といえるだろう。

家にあれば寝るころほひを萩と月
さびしさやはりまも奥の花の月

には、古典美の追求とともに〃さびしさ〃〃しずかさ〃が見える。五千石自身、第一句集『田園』の後記に「「さびしさ」が深められて、しずかさにおいて凝集されるのが、いまの私の念じているところである」と記しているが、三十年後の、

麦秋やあとかたもなき志

家近くなるさびしさの夕桜
雨ながら月のけはひの魂送
山眠る行く人なしの道入れて

といった『琥珀』所収の作品において、それらは深みと美しさを増している。

48

『琥珀』刊行後の作で『天路』には未収録の、

にぎやかに雲のぼりくる枯木坂
さびしさはこころのさびや麦の秋

などには、さらなる滋味の深まりや達観といった〝さびしさ〟〝しずかさ〟の昇華を見ることができる。

遠山の雪を花とも西行忌

大阪にゆかりたづぬる西行忌

この西行忌の二句からは、美意識の先へ踏み出そうとする意識の変化が窺える。五千石が「これからは、美意識の時代だ。その先……その先は宗教かな……」と語っていたことを思い出す。

もがりぶえ初めに叫びありきとぞ

の「初めに叫びありき」は、新約聖書の「始めに言葉ありき」に通ずる。こうした宗教的モチーフへの取り組みは、絶筆となった、

安心のいちにちあらぬ茶立虫

にも見られる。この茶立虫は眼前の茶立虫というだけでなく、茶立虫と同化した五千石自身でもあった。まさに「眼前直覚」の極点の一句である。このように、上田五千石による「眼前直覚」の追究は、平成九年九月二日の急逝まで、じつに多彩に展開されたのである。

以上のように、上田五千石の「俳句の在り様」をあらわす「眼前直覚」という語が示す内容が、五千石の俳句観の深化とともに変遷する様を時系列的に見てきた。「眼前直覚」が、第一句集『田園』で俳人協会賞を受賞した後の低迷期を脱するために見出されたという性格上、本稿は『田園』について多く言及していないが、上田五千石が現代俳句にのこした業績を顕彰するという意味では、『田園』や「俳句模様論」、同時代の俳人との関係といった事象の検証も欠かせない。これらについては、続く各章で詳述することとする。

第二章　五千石のゲーテ受容

1

横浜で句会のあった帰り、地下街にある書店に入った。毎度寄るわけではないが、文庫の売場が充実しているので、いわゆる古典的名著をもとめたい気分の時に寄る。この日は、そんな気分であった。

私にはめずらしく、赤帯（海外文学）の棚へ視線を走らせていると、ドイツ、ゲーテ、ファウストの分類に自然と目が行き、何となく『ファウスト』の一部と二部の二冊を手にとった。その第二部のカバーに書かれた文章を一読して驚いた。引用しておこう。

グレートヘンの悲劇からたち直ったファウストは次に美を追求することで生の意義を把握しようとして果さず、最後に人類のため社会のための創造的活動によってはじめて自己の救済にあずかる……

（岩波文庫『ファウスト』より）

脳裏に、五千石が成城に転居して間もない、昭和六十年頃の問答がよみがえった。昼時、居酒屋のカウンターで定食を食べながらの雑談で、

「これからのテーマは美意識。美意識の時代だ。当分はそうだな」

「美意識だけですか?」

「そうだな。そのあと行きつく先は、宗教だろうな……」

と交したやりとり。――この会話中の「美意識」は、前掲の文の「美を追求することで生の意義を把握しようとする」意識と対応するし、「人類のための創造的活動」によっての自己救済というのは、宗教心と言い換えることもできるのではないだろうか――そんな考えが閃き、『ファウスト』によって示されたゲーテの思想と五千石の俳句観との類似性に驚いたのである。

　本章では、この照応関係について、上田五千石の句作と境涯を読み解きながら検証してみることにする。

2

五千石の作品を、第一句集『田園』の冒頭から読んでみよう。

寒星

ゆびさして寒星一つづつ生かす　昭31

冬薔薇の花瓣の渇き神学校　〃

雪嶺

告げざる愛雪嶺はまた雪かさね　昭32

寒林の透きゐて愛の切なきまで　〃

巻頭の四句。「冬薔薇」の見出しがあり、さらに「寒星」「雪嶺」といった小項目が二句毎に付されており、現代詩風の並びにも感じられる。五千石は、十六歳の頃（昭和二十五年）に手作りの小冊子『詩と所感　わが言の葉・第一部』を、十九歳の時にも二冊目の『詩集　哀歌』を編むなど、十代に詩作をたしなんでいる。詩の発表は、二十歳頃の同人誌「鉄牛」への発表まで続いている。一年間の浪人の後、二十歳となる年に上智大学文学部新聞学科に入学した五千石は、翌年七月に秋元不死男と出会い、それ以後は俳句にのめり込んでいったのであった。

　三十五歳の誕生日に上梓した句集『田園』を編む際に、十代の頃に詩集を手作りした時の思いがよみがえっていたのではないだろうか。そうした詩の中には、夜空を見上げ、星を見上げて物思う詩が入っていただろう。思春期から青春初期にかけて、誰もが持つ思いである。

　一句目は、そのような青春期の思いを、俳句の方法ときっちり結びつけて成った句である。昭和五十三年に俳人協会から刊行された『自註現代俳句シリーズ・Ⅰ期15　上田五千石集』に「俳句によって、自分という存在がハッキリしてきた。そうなると自分を中心に、宇宙の全てが、いきいきしはじめた」とある。俳句をはじめて、種々の季語を覚え、そのひとつひとつから季節を感じる時、自分を中心に、宇宙の全てが、いきいきと感じられるようになる。これも、多くの人が知る感覚だろう。そうした時期を経て、俳人は初期の代表作になるような句を詠むことができる。

この句も、そのような過程で詠まれたもので、青春俳句の一典型としての位置を占めている。こうした句には、その人がそれまで生きてきた中でのさまざまなものが、美しい単純化の中に、幾重にも重層的に織り込まれているものである。この句の「寒星」は、幼年期に見た東京の夜空であって、少年期を過ごした信州の厳寒の空の星でもあり、俳人となった富士の天空にかがやく星でもあるのだ。

この巻頭句〈ゆびさして寒星一つづつ生かす〉に見られる〝型〟の決まりの良さは、作句時点での、作句への集中力、詩精神の高揚があってはじめて得られるものだが、これは、数年間熱中すれば身につくというレベルのものではない。幼少の頃より父と兄二人が俳人であるという環境に育ち、十歳で投稿（「毎日少年国民新聞」）した〈探照燈二すぢ三すぢ天の川〉が入選し、十三歳で富士中学（現、富士高校）の校内文芸誌「若鮎」第二号に〈青嵐渡るや加嶋五千石〉を発表、二十歳の時に富士であった句会で〈星一つ田の面に落ちて遠囃子〉が秋元不死男特選となるほどに、俳句的言語感覚が身についていたからこそ成し得た作である。

そして、その青春の叙情は、彼が十代後半に手作りした二冊の詩集においてすでに言葉として姿を得ていたはずであり、その叙情を俳句の形式で再確認することで、完成度の高い作となったものと考えられる。

この句は、句集『田園』の巻頭に置かれるべくして置かれたともいえるが、巻頭に配されたことによって、さらにかがやきを増した。この句を巻頭に据えた『田園』が第八回俳人協会賞を受賞することにより、多くの人の目に触れ、愛唱される句となってゆく。

3

『田園』の二句目〈冬薔薇の花瓣の渇き神学校〉からは、一句目あるいは三、四句目に比べてやや地味な印象をうける。自註には「上智大学で厳格なカトリック教育を享けたが、受洗には至らなかった。俳句を知り、酒の味を覚えて、こころは学校にならなかった」とある。また、〈梅雨くろし鉄扉を嵌むる煉瓦館〉の句についての「大学では、毎日西洋と向き合っている思いがあった。煉瓦の校舎にも、私は拒絶反応を起した」といった自註も見られる。

当時は、キリスト教の布教活動が活発な時期でもあった。日本史において、キリスト教が活発な時期として三つの時代が挙げられる。ひとつは信長・秀吉の時代、その次は明治維新の頃、そして三つめのピークにあたるのが戦後のこの時期。そして、上智大学はミッションの本部ともいえるキリスト教普及との関係が深い大学。そこへ入学した五千石は、まさに不適応であった。「冬薔薇」の章に収録の作に、神様に、キリスト教についていけないといった心境の吐露があるのも致し方ないことといえよう。ヘルマン・ヘッセの『デミアン』や『車輪の下』には、主人公が神学校や修道院になじめずに鬱々と過ごす様子が描かれているが、五千石の精神状態もまたこれと似たものであったのであろう。仏教的環境の濃い中で育ったことを思うと、かなりの違和感があったものと察せられる。

五千石は、昭和三十二年三月に上智大学を卒業。その辺りについては、平成五年に邑書林より刊行の自伝『春の雁　五千石青春譜』（前年秋から四ヶ月にわたって静岡新聞に連載された「わが青春」をまとめたもの）に詳細な記述がある。その中で、これらの句とのかかわり、五千石が終生持ち続けた宗教観・人生観、そして本章のテーマであるゲーテとの影響関係を知るために欠くことのできない重要な箇所を引用しておきたい。

　先生が私を認めてくださったのは、その宗教学の試験「あなたの宗教生活について考えるところを書け」という設問に答えて、次のように書いたことからである。「東洋には古来〝四十にして惑わず〟ということがある。それはまた四十までは惑わなくてはならない人間の責務、生き方のつとめがあるということにほかならない。私の宗教生活が安易にキリスト教を受け入れないのは、そのためであり、ゲーテ流にいえば、人は努めているかぎり惑うものである、ということを誠実に行じていくつもりである云々」。私の反抗心が先生の興味をいたくそそったということであった。

（『春の雁』より）

「先生」とは、ロゲンドルフ上智大学教授のこと。この宗教学の講義で出された課題に対する五千石の回答と、それから三十年を経て、私の第一句集『雪渓』のために書かれた序文とに共通点があるので、こちらも引用しておく。

松尾君もようやく「不惑」になるというが、実は俳句は不惑からの文学といってもいい。人生の「惑」いは死ぬまで絶えないかも知れないが、生きるということが、際やかになる、そういう眺めを得るのが、いわば「不惑」の意味するところではないか。人生の深化が、俳句のそれにつながるか、どうか。「不惑」からの問題である。

（『雪溪』序文、昭和六十一年）

これらの文章からは、その宗教観が、ファウスト的なものであるのか、さらに進めた清教徒的な求道者、ジョン・バニヤン作『天路歴程』の主人公的なものであるのか、まだ定かではない。五千石は、平成八年に「俳句朝日」で「自照―秋から冬へ」百句を発表した後に、予定していた第五句集の名を『愛語』から『天路』へと変更する。それは、良寛から、青年期に読んだゲーテに戻る変身であるともいえる。『春の雁』から、十八歳の頃、浪人して受験勉強中であった夏の、ゲーテに関する記述も引いておく。

ゲーテの『ファウスト』の一部についで二部を読んでおかなくてはならぬという内からのうながしに抗しきれなくなったのは何が原因だったのか。十八歳のいまを充実させるには、この他にないと決めて、高橋健二訳で二部に挑んだ。一部の面白さに比べて難解であった。「永遠に女性なるものがわれらを引きあげて行く」という最終行の言葉だけが、妙に私の心を安らげてくれた。

（『春の雁』より）

十八歳の五千石が、浪人中の夏に、読まずにいられなかった『ファウスト』。私はおくればせながら、この作品を六十三歳で読んだ。訳者は高橋健二でなく、相良守峯であった。参考に、最も重要な最後の言葉について、二通りの訳を並置してみる。

永遠に女性なるものがわれらを引きあげて行く　（高橋健二訳）

永遠なる女性は　われらを引きて昇《のぼ》らしむ　（相良守峯訳）

原語では、冒頭部分は"Das Ewig-Weibliche"となっている。五千石の心を安らげたという「永遠に女性なるもの」「永遠なる女性」とは、どういったものだろうか。

4

告げざる愛雪嶺はまた雪かさね　昭32
寒林の透きゐて愛の切なきまで　〃

断髪の生まの襟足卒業す　昭33
ハンカチに滲む臀型うまごやし　〃
会釈の皓歯田植の笠にすぐをさめ　〃

前の二句は、『田園』の三、四句目に配されている。「告げざる愛」の句に関しては、後に「「愛」という言葉を易々と使って、保坂春苺に、汝いまだ愛を知らず、と叱られた。ここでは、ひたすら「恋情」の意」と自解している。これらは、青春の出発点における恋の句、恋愛というものへの憧憬があらわれた句といえるだろう。ゲーテ作品に見た人生観、志といったものを意識しながらの、五千石の実人生における『ファウスト』の序幕《プロローグ》といえるだろう。

三句目は、ずばり眼前の作。生きた女性の体温が伝わってくるようである。句集上では、初恋の句とも読める。高校生の青さと初々しさを感じさせる「生まの襟足」である。自註にも「「生ま」とは「なまなまし」であると同時に「なまぐさい」という感じである。断髪女生徒はそのなまぐさい姿で卒業したのだ」と山口誓子の評を引用している。

四句目、この句もまた、なまぐさい句である。なまぐさい作としては『田園』中に、次の二句がある。

桐の花姦淫の眼を外らしをり
投げ足の黒靴下に下萌ゆる

「桐の花」の句についての自解には、「されど我は汝らに告ぐ、すべて色情を懐きて女を見るものは、既に心のうちに姦淫したるなり」とマタイ伝の言葉が引かれている。「投げ足」の句は、結婚を経てのもので、断髪やハンカチの句ほどには、なまぐさくない。

さて、前掲の五句目に戻ろう。田植の最中、早乙女の笑顔に皓歯がきらめいた一瞬を捉えて、描写の外にあるはずの美しい瞳との出会いも含め、見事に詠み切っている。初期の代表句とされる〈萬緑や死は一弾を以て足る〉とともに、五千石の〝模様論〟のさきがけの句であるといえるだろう。さらには、彼が追求することになる〝美意識の句〟のさきがけと見ることもできる句。眼前の女性を捉えた直覚が、永遠に女性なるものを見てしまう美意識へと直結する。そして、これを完璧に表現してしまう。彼の幸せにして、不幸でもあるところ。彼の資質・本質というべきか。

5

雪嶺に朝日「永遠《とは》に女性なるものへ」　「氷海」昭32・2
「もつと光を」鴉の絶唱寒の暮　〃　昭32・7

いずれも「氷海」に発表された五千石の俳句で、句集『田園』には未収録のもの。一句目の「永遠に女性なるものへ」という部分が、ゲーテ著『ファウスト』の最後の言葉である「永遠に女性なるものがわれらを引きあげて行く」から採ったものであることは、明らかだろう。二句目の「もつと光を」は、ゲーテ臨終の際の言葉として知られている。二十三歳の五千石は、ゲーテの言葉をそのまま用いての句作を試みていたのである。『ファウスト』から、「神秘の合唱」部分を引こう。

すべて移ろい行くものは、
永遠なるものの比喩《ひゆ》にすぎず。
かつて満たされざりしもの、
今ここに満たさる。
名状すべからざるもの、
ここに遂げられたり。
永遠にして女性的なるもの、
われらを牽《ひ》きて昇らしむ。

（高橋義孝訳）

平成二年、ＮＨＫ学園企画「ベルリン・西ドイツの旅」の講師としてはじめて海外へ渡った五千石に、私は同行している。ゲーテゆかりの地ハイデルベルクの城から、ゲーテが散策したというネッカー川を見下ろし、その川にかかる橋の上を五千石と歩いたりもした。この旅のあいだに一度だけ句会をしたが、句集にも「畦」誌上にも、その成果は見えない。

実のところ、ゲーテに因んだ俳句は、『田園』の頃にすでに詠まれていた。五千石は、日本に居ながらにして、ドイツ文化の精髄に触れていたのだった。

告げざる愛雪嶺はまた雪かさね
雪嶺に朝日「永遠《とは》に女性なるものへ」

前の句は、昭和三十一年十二月二十三日に、各自が用意した賞品を選んだ句の作者に贈るといった趣向で催された「氷海」のクリスマス句会で、賞品がこの句に集中したことが、高橋行雄（後の鷹羽狩行）の「クリスマス句会記」に書かれている。後の句は、昭和三十二年頃の作として『田園』に集録されているものであるが、その内容から、この二作はほとんど同時期になったものと推定できる。この二句の女性への畏怖や謙虚さといった感覚は共通のものである。まるでレコードのA面とB面のような関係にあるこの二句のナイーブさは、五千石作品の基調を成すものだろう。

6

萬緑や死は一弾を以て足る　昭33
もがり笛風の又三郎やあーい　昭34

「萬緑」の句は、二十四歳の頃の作で、「もがり笛」は、その翌年の正月に詠まれている。私がこれらの句に出会ったのは昭和四十四年、「俳句」二月号（この号では飯田龍太の〈一月の川一月の谷の中〉も発表されている）の誌面であった。『田園』

の第八回俳人協会賞受賞を伝える記事にあった五十句抄中の二句。

「もがり笛」の句については、無条件によい句だと言う人（山本健吉、堀井春一郎など）がいる反面、風の又三郎の話は夏なのになぜ冬の季語である虎落笛なのか、と否定的な人もいる。写生句でもなく、説明的なところの一切ないこの句は、わからない人には、まったくわからない句のようである。

一方、「萬緑」の句は、より受けとり易い、よくわかる句。この句は、ゲーテの小説『若きウェルテルの悩み』の主人公が自殺する場面を想起させる。黄と青の装束で、白馬に跨ったナポレオンを描いた絵があるが、あの絵から帽子を消せば、恋しいロッテのもとへ駆ける馬上のウェルテルの姿となる。ナポレオンはこの小説の大ファンで、出兵中に七回も読んだという。

この『若きウェルテルの悩み』は、ゲーテ疾風怒濤期（Sturm und Drang《シュトルム・ウント・ドランク》）の代表作。これに対し、句集『田園』は五千石における「疾風怒濤」の時代であり、『ファウスト』でいえば第一部に当るだろう。

『ファウスト』の主人公が悪魔から人の世のすべてを学んだように、俳句から生きるすべを学び、言葉の錬金術師、魔術師となった成果が『田園』であった。『ファウスト』は悲恋に終るが、五千石は、よき伴侶を得て成長してゆくことになる。

この「萬緑」の句の背後には、ウェルテルと同様、五千石の小さな失恋があったのではないかと思われる。というのは、この句よりすこし前に〈ハンカチに滲む臀型うまごやし〉〈断髪の生まの襟足卒業す〉といった女性をなまなましく詠んだ作があること、また、その前年にも〈告げざる愛雪嶺はまた雪かさね〉〈寒林の透きゐて愛の切なきまで〉が見られることからの推察である。はじめ恋愛へのあこがれとして詠んでいたのが、現実の女性への関心となり、おそらくは小さな失恋に終った。「死」ということから考えると、『若きウェルテルの悩み』が出版された当時（一七七四年刊）には「ウェルテル効果」といわれる若者の自殺が相次ぐ現象があったのだが、五千石は、そうした気持ちを作中の死によって昇華したのではなかったか。この第二章「虎落笛」も後半になると、ゲーテ的、キリスト教的な句は〈聖夜天眼に沁む雪をもたらせり〉〈桐の花姦淫の眼を外らしをり〉

くらいで、あまり見られなくなる。ゲーテ的なもののひとまずの区切り、清算といった役割を、この〈萬緑や死は一弾を以て足る〉は果たしたようである。

そして、翌三十四年の正月、五千石は七日間の旅に出る。幼なじみの女性が待つ盛岡へと向かい、

みちのくの性根を据ゑし寒さかな　昭34
息せきて来る雪女郎にはあらず　〃

とともに前掲の〈もがり笛風の又三郎やあーい〉の句を成したのである。一句目の「性根」は、生涯をともに歩む相手をはっきり認識したこと、春になれば鍼灸学校を卒業して生活者となること、そして俳句への並々ならぬ思い。まさに性根を据えてかかる二十歳代の後半がはじまったことの表明である。「息せきて来る」のは、生涯の伴侶となる相手。「雪女郎」でないこの女性もまた、活き活きと性根を据えている。虎落笛には通常、暗く、冷たいイメージがつきまとうが、その暗

闇に対して配合された「風の又三郎やあーい」は、あまく、せつなく響いてくる。
「もがり笛」と「風」は、ここでは重複ではなく、一体感として感じられる。それは、――これからは、二人で生きてゆける人ができた――という、ナイーブなこころの叫びなのである。

7

この「虎落笛」に収められた句を詠んだ頃、五千石は、少なくとも二回は岩手へ行っている（昭和三十四年の一月とその翌年）。この時期の五千石は、昭和三十二年に上智大学文学部新聞学科を卒業したが、家業の「上田テルミン」を継ぐため、東京高等鍼灸学校三年課程に入校。この頃に「川端茅舎論」を発表するなど、三年間の学生生活延長は、即俳句生活というべきもので、「氷海」新人会での堀井春一郎、鷹羽狩行らとの交流ばかりでなく、俳壇の人たちとの交遊をさらに広げた。このような時期の盛岡、渋民行。石川啄木、宮沢賢治に惹かれていたことは、

雪の渋民いまも詩人を白眼視　昭35

冬銀河青春容赦なく流れ　〃

などの句があることでもわかる。さらに、前述したように、盛岡に幼なじみであった西井霞が住んでいたことも岩手行の理由であった。霞は、父親を昭和三十五年七月二十日に失うが、その二年前には手術のミスによって母親を亡くしている。この頃のものと認められる写真には、雪被く墓の前に寄り添う二人の姿がある。この写真は自伝『春の雁』に収載されていて「新婚前、原敬の墓前にて（昭和34年）」とのキャプションが付されている。この寺にある霞の母の墓へもうでた際のものか。

「新婚前」とは、不思議な言葉である。原敬は盛岡藩の家老の子で、本邦初の政党内閣を率いた平民宰相として知られる人物。

自註句集の並びから見ると、昭和三十四年の作は〈みちのくの性根を据ゑし寒さかな〉にはじまり、〈息せきて来る雪女郎にはあらず〉そして〈もがり笛風の又三郎やあーい〉とつづく。「みちのくの」の句と「息せきて来る」の二句は、確実に盛岡での作である。五千石は、「みちのく」の句について「盛岡で正月七日を過ごした。三日を過ぎるころからシバレてきた」とある。次の句の女性は、霞であろう。この句には、どこかあたたかな目差しが感じられるからである。代表句となった〈もがり笛風の又三郎やあーい〉は、この後に作られているのだが、句集では、先の二句の間に入っている。実はこの句は、自宅へ戻った時に、「風の又三郎」のラジオ放送を耳にして瞬時に成った句である旨を五千石から聞いている。みちのくで作ってはいないのだが、句集では、みちのくで詠んだ句として並べられている。この句が、みちのくへ行かなければ成し得なかった句であることはたしかだ。ゲーテの「永遠に女性なるもの」と一体化した現実の女性を見出し、この人とともに生きてゆこうとの思いが、こころの叫びとなったのがこの句である。堀井春一郎が「これが君だ。君ははじめて君の句を作った」と激賞したのも、この叫びを感じとったからだろう。自伝に「ともかく妻という人生の味方が私にはできた」と記しているように、五千石は、ここに人生の光を見出した。

漕ぎやめて湖岸近しやきりぎりす　昭35
水中に水より冷えし瓜つかむ　〃
露の世に妊りし掌のあつさかな　〃
新しく家族となりて聖菓切る　〃
春月の暈も円かに聖受胎　昭36

昭和三十五年九月八日に結婚。その前後の作は、充実の中で詠まれ、すっきりとした佳句が揃っている。自伝より、この当時についての回想を引いておこう。

父母に先立たれた霞は私の母を頼って、盛岡から身一つで、一文無しの私のところへ飛び込んで来たのだった。母の見守る中、二人だけの誓いの盃を交わした。裸の出発であった。瑞林寺の米倉を改装した三畳、六畳の家、職は温灸《おんきゅう》治療。貧乏というものを以後痛切におぼえる年月が十分に控えていた、もう甘えてはいられなかった。

（『春の雁』より）

前掲の五句目については「わが「受胎告知図」。受胎ということの不思議さ、全て神様のおはからい」との自解がある。昭和三十六年は私が俳句をはじめた年でもあるのだが、戦後の世の中が落ち着き、高度経済成長へと動きはじめた頃。五千石もまた充実の時をむかえようとしていた。戦後俳句のすべてが出揃い、前衛俳句の金子兜太、飯田龍太や森澄雄が新星としてかがやいていた頃の俳壇。次なる新星として登場する五千石はこの頃、この結婚によって、一歩を踏み出していたのである。

8

露更けて出でたる星の粒ぞろひ　昭36

月明き浜に流木曳きしあと　昭37
枯崖と日の竈頒つ乳母車　昭36
秋晴を讃ふ襁褓を全掲して　〃
柚子湯出て慈母観音のごとく立つ　〃

句集『田園』六章中の第四章は「柚子湯」。思春、青春、結婚につづく家庭、母子像の章と言える。〈月明き浜に流木曳きしあと〉〈柚子湯出て慈母観音のごとく立つ〉など骨格のしっかりとした句が並ぶ。一句目については「九月二十三日、長女日差子生る。夜更けて星の祝福を受けた」と自解している。この一連の作は、二句目に一年後の作である「月明き」の句を挿入したことによって全体が緊まったといえる。三句目、「柚子湯」を出た霞夫人の胸には、日差子が抱かれていたのであった。この句については「母は私をみごもったとき、狩野芳崖描く「悲母観音」の写真版を掲げて、胎教としたという。これは眼前の柚子湯母子」との自解がある。

五千石の父は僧であり、母も後に僧となった。自身も経を読み、御朱印帳に墨する手伝いをする一方での、上智大学でのキリスト教であり、高校時代からのゲーテであった。七回忌法要の際に瑞林寺住職に伺ったところによると、五千石の読経は堂々たるものであったらしい。

よだれかけ乳くさければ春蚊出づ　昭37
なにか唾棄して末黒野を立去れり　〃
濁流のしぶくところに栗の花　〃

一句目に「内も外も乳児中心」、二句目に「憩うべき場処はどこにもない」との自解があり、育児の日々、温灸の仕事も自宅中心であったことが窺える。「氷海」（昭和三十七年一月号）にも〈忽焉と父になりけり曼珠沙華〉〈露の身にまつはる妻と子と母と〉の句がある。

三句目は、『田園』の句としてはめずらしく作意を感じさせない。次の第二句集『森林』での眼前直覚につながって行く佳句。

はじまりし三十路の迷路木の実降る　昭38
父といふしづけさにゐて胡桃割る　昭37
流寓のながきに過ぐる鰯雲　〃
遠浅の水清ければ桜貝　昭38
みづからを問ひつめゐしが牡丹雪　〃

「父といふ」の句について、自註によると、発想時は「さびしさ」であったものが「しづけさ」で定着したとある。『田園』後記の「省みれば、私の句は全て「さびしさ」に引き出されて成ったようである。この「さびしさ」が深められて、しずかさにおいて凝集されるのが、いまの私の念じているところである」に照応している。妻を得、子を得ての充実の日々にあって、一家の長として生活の厳しさや人生への寂寥を感じる壮年期へと移行してゆく過程のあらわれた句群である。

「流寓」の句については「〈流寓〉が〈流寓〉でなくなってゐるところに人生の寂寥相がある」という山口誓子の評がある。また、山本健吉は最後の句を「自分を問いつめている緊迫した一つの空間を、牡丹雪が充している」と評している。「遠浅」の句も「月明き」「柚子湯」と同様に美意識の高い句である。

9

あけぼのや泰山木は蠟の花　昭38
新しき道のさびしき麦の秋　〃
火を入れてかへりのみちの螢籠　〃
漢籍を曝して父の在るごとし　〃
秋の雲立志伝みな家を捨つ　〃

『田園』の第五章「蠟の花」三十七句から前半の五句を引いた。一句目は、いわゆる晴の句で、見事な〝模様〟となっている句。泰山木の花の実感を蠟の花と捉えたのは、その生活の中に、すなわち瑞林寺に泰山木があったからであろうか。寺や温灸の仕事のため、毎日のように蠟燭を手にしていたことも背景にあるかと思われる。〈涙痕を伝ひて崖の滴るや〉という句にも、溶けた蠟が流れるようなイメージがある。「蠟の花」も「涙痕」も天才的なひらめきといえば確かにそうなのだが、瑞林寺での日々のくらしの中から摑みとった言葉であって、辞書や書物から安易に引いて来たものでないからこそ、読み手の心にひびく表現となり得たのではないか。

「新しき道」「秋の雲」の二句は、志の句である。妻子を得て一人前の男となった五千石の、壮年の志である。貧窮の底からの俳句で身を立てて行こうとする覚悟がここに表明されている。そのような視点から見なおすと、一句目もまた立志の句であるように思える。まさに三十にして立つ、凜とした初々しさのある句。この句について、草間時彦は「ほのかに紅らんで来る東の空の色を泰山木の花は拒むごとく、染まるごとく、清品を保ってみじろぎもしません」と評したという。

「清品」の語が的確である。

子の指のジャムをねぶるも春の昼　昭38
夕焼光弥陀の来迎つげわたる　昭39
水といふ水澄むいまをもの狂ひ　〃

「蠟の花」後半の三句。「水澄む」は、五千石の詩精神の根元ともいえる季語。「さびしさ」を「しずかさ」への祈念が透けて見える。

水澄みに澄む源流のさびしさは　『風景』昭53
これ以上澄みなば水の傷つかむ　〃　昭55
澄む水に古刀のくもりありにけり　『琥珀』昭58
水底の砂のさ走るまで澄めり　〃　平元

「水澄む」を用いた句を並べてみた。これらの作から、もの狂い、さびしさ、傷、しずかさといった変遷を見ることができる。そして、しずかさはより深いさびしさを湛えている。

10

かぞへゐるうちに殖えくる冬の星　昭39
「いづれの御時にか」読初をこゑに出す　昭40
白浪のやうやく目立つ松の花　〃
青春のいつかな過ぎて氷水　〃
渡り鳥みるみるわれの小さくなり　〃
かたつむり殻の内陣透きゐたり　昭41
木の実降る石の円卓石の椅子　昭42
水鏡してあぢさゐのけふの色　〃

水透きて河鹿のこゑの筋も見ゆ　〃

秋の蛇去れり一行詩のごとく　昭43

『田園』最後の章「渡り鳥」には三十八句が収められている。この章は掲出五句目の〈渡り鳥みるみるわれの小さくなり〉に代表され、〈水鏡してあぢさゐのけふの色〉などが並ぶ。後者は後述する〝俳句模様論〟に照らしてみた場合、完璧な美であり、かつ後の眼前直覚の論にもかなう作となっている。当時、昭和四十三年秋の『田園』刊行にむけて句集の編纂作業をすすめる中で、五千石は、並行して〝模様論〟についても整理しており、この句や前出の〈あけぼのや泰山木は蠟の花〉などは、理論の実践を意識していたとも思われる。

「渡り鳥」の句は、その模様論をつき抜けた作といえる。後の自註には「渡り鳥を見送っていると、自分がみるみるうちに倭小化していくのを実感した」とあるが、多くの読み手がこの句につよく惹かれるのは、単に倭小化したと感じるからではなく、その先に感じられる不思議な空間感覚によるものだろう。読者自身が、小さくなってゆく渡り鳥となったかのように錯覚してしまうのは、この句における作中主体が対象と完全に同一化しているからである。読み手は、地上から鳥を見上げる視点と、大空から見下ろす鳥の視点とを同時に追体験することになる。同一化と分離化の循環が、瞬時になされるのである。「行きて帰る心の味はひ」という芭蕉の言を見事に形象化して見せた句ともいえる。

　空中の感覚にウェイトを置いて読むと、この高みへと上がってゆく感じから、思い浮かんだ景がある。五千石青春期の愛読書『ファウスト』の最終場面である。ファウストの霊は、天使に囲まれ、かつての恋人グレートヘン（ゲーテの初恋の女性と同じ名であるという）に手をとられて昇天する。これは、叙事詩『神曲』のダンテが初恋の女性ベアトリーチェの導きで天国に入るくだりを踏襲したもの。

　十年前に〈告げざる愛雪嶺はまた雪かさね〉〈雪嶺に朝日「永遠《とは》に女性なるものへ」〉と「永遠に女性なるもの」への思いを詠んだ五千石は、幼なじみの女性と結ばれ、家庭を持った。充足の中にありつつも、青春は去ったとの思いから、さびしさの影を曳いた昇天図となっているようにも感じられる。五千石自身、四句目〈青春のいつかな過ぎて氷水〉について「この夏も逝こうとしていた。二児の父となっては、青春をとどめようもない」との自解をのこしている。

この第六章は、五千石の三十一歳から三十五歳の足かけ五年、正味四年間の句作であるが、昭和四十一年から四十三年にかけて、終盤の収録句数が次第に減少している。一般に第一句集は、終盤に近づくほど、年毎の収録句は増えるものだが、逆である。直接的な要因として考えられることには、この時期の「天狼」誓子選における入選が少なかったことがあるが、それは、作句自体が少なくなっていたからであろう。昭和四十一年作の〈涙眼《るいがん》をあやふくささふ冬の虹〉〈躓きの身を踏み応ふ春の蟬〉の二句について「心労の故か、このころ弱り加減」との自註がのこされている。

〈渡り鳥みるみるわれの小さくなり〉は、詩精神の高さにおいて『田園』の頂点に立つ作であるが、青春との別れというさびしさをともなった句でもある。この句が詠まれた昭和四十年の三月には長男光生が誕生。気力充実の一方での責務の増大は、句作にも影響を与えていたようである。句集『田園』で俳人協会賞を受賞した後にスランプになったとされているが、俳人としての活動のひろがり（〝俳句模様論〟の講演、句集『田園』の上木）に比して、すでに句作の少ないのが、昭和四十三年なのである。

11

ゆびさして寒星一つづつ生かす
もがり笛風の又三郎やあーい
渡り鳥みるみるわれの小さくなり

ひと通り『田園』を読み終えたので、あらためて概要をふりかえってみよう。同句集を代表する三句を挙げるなら、掲出の三句を、同句集を代表するものとしてよいだろう。この三句は、青春の句である。一句目は青春のはじまり、二句目は人生のパートナーを見出した青春の頂点における作、三句目は青春を惜しむもの。これに二句を加え、五句とするならば、次のように並べる。

ゆびさして寒星一つづつ生かす
萬緑や死は一弾を以て足る
もがり笛風の又三郎やあーい
柚子湯出て慈母観音のごとく立つ
渡り鳥みるみるわれの小さくなり

「萬緑」の句は、生の横溢の対極にある死を意識することで、自己のアイデンティティーを確立した作。それ故に「もがり笛」の句では、パートナーを得たよろこびを天地一体の鳴動として表現している。四句目の「柚子湯」から出た母子は、その結実である。これら追加の二句の特色は、宗教とのかかわりであるだろう。高校、大学を通じ、ゲーテとキリスト教の影響の強いのが「萬緑」の句である。「柚子湯」の句は、僧侶であった父母や寺院の生活につながるとともに、ゲーテの「永遠に女性なるもの」にもつながっている。

五句目には、自身の青春が飛び去ってしまうかのような、さびしさの表出として「みるみるわれの小さくなり」の中七下五。あたかも、『ファウスト』第一部でヒロインのグレートヘンが失われてしまうように、青春は去ってしまう。高い詩精神で詠まれたこれら青春の作を囲むように、〃模様論〃の美意識による句が配され、この青春の句集を美しく飾っているのである。

しかし、青春とともに、こうした方法と美意識は一旦捨て去られる。計らいのない、ただひたすら歩いての眼前。そこから再出発してゆくのが、第二句集『森林』の時代である。そして、『田園』の美意識と『森林』の眼前直覚が融合し、あらたな句境の展開が見られるのが、これらに続く句集『風景』『琥珀』の時代である。これは、まるで『ファウスト』第二部の展開である。

12

五千石の第一句集『田園』は、青春の句集であり、恋、結婚、子、父母といった事象を通して純然たる個人の自立、自律を描いたものといえる。公的なかかわりとしては、学生として属する大学や宗教があったくらいであった。しかし、三十半ばを過ぎると社会的な存在であることも求められるようになる。俳句において大きな賞（当時の俳句界では最上位とされた賞）を受賞したとなると、小さな俳句の世界といえども社会的存在としての活動が求められる。そして四十歳からは「畦」の主宰者（指導者）としての社会性が加わる。

そのような諸要素への対応をただちに十分に行える男などいない。一歩一歩成長してゆくのである。大人の男、そして人間としての自身を俳句の中で確認することは、当初、自然への自己解放、自然との融合としてなされた。それが〝眼前直覚〟の初期である。第二句集『森林』の時代。同句集にはおよそ十年間の句作が収められている。

竹の声晶々と寒明くるべし　『森林』昭50
開けたてのならぬ北窓ひらきけり　〃

次の五年間の作を収めた第三句集『風景』の時代は、眼前の季語に対し、その時自身の心にある思いを結びつけての〝眼前直覚〟へと作風の幅をひろげてゆく。

母の忌を旅に在りけり閑古鳥　『風景』昭54
早蕨や若狭を出でぬ仏たち　〃　昭57

句集『琥珀』に収められた、次の十年間では、よく見ていると在るものの奥に見えてくるものがあるとして〝眼前直覚〟を拡張、その奥行はさらに深くなる。これは〝眼前幻視〟とも言えるもので、その内容は『田園』時代に確立した「俳句模様論」の美意識に加えて、その奥にある幻の美を追求する志向であった。

火の鳥の羽毛降りくる大焚火　『琥珀』昭58
まぼろしの花湧く花のさかりかな　〃
あたたかき雪がふるふる兎の目　〃　昭59
たまねぎのたましひいろにむかれけり　〃　昭61
貝の名に鳥やさくらや光悦忌　〃　平2

ゲーテ著『ファウスト』第二部の冒頭は、ファウストが雄大な自然の中で、悲劇に終った第一部での心身を癒してゆく場面からはじまる。そして、社会的地位を得てゆく中で、悪魔の力により、古代ギリシャの美女ヘレネを生き返らせて、子を成す（やがて夢のように母子ともに死んでしまうが）。この『ファウスト』第二部前半の自然の中での復活、美との結合。これを、ギリシア古典美とドイツ精神の合体、また、この子を夭折の詩人バイロンの寓意と見る説もあるようである（ゲーテ自身も一人息子に先立たれている）。五千石の美意識は、模様論と眼前直覚の融合された美意識であり、究極のギリシア美としてヘレネを求めるファウストの美の志向とも響き合うのである。

13

『ファウスト』を通じて重要な詞句のひとつに「時よ、とどまれ、おまえはじつに美しい」（池内紀訳）がある。ファウストは、この言葉を口にした時に死ぬという契約を悪魔と交わしている。そして結局、ファウストはこの言葉を口にして死んでゆく。一見悪魔が勝利したと見える結末なのだが、「たえず努めて励む者」は地獄には落ちず、昇天してゆく。「くおんのおんな」に導かれながら……。

〃いま・ここ・われ〃を指針とする五千石の〃眼前直覚〃は、常に時をとどめ、永遠美を求めようとする試行であった。瞬間の美しさ、よろこびを求め、その時をとどめて永遠のものとしたいとの思いは、恋する者がひとしく持つ思いであり、詩人は、その言葉によって思いを永遠にとどめようとする。

ゆびさして寒星一つづつ生かす
もがり笛風の又三郎やあーい
渡り鳥みるみるわれの小さくなり
開けたてのならぬ北窓ひらきけり
まぼろしの花湧く花のさかりかな

などの俳句は、すばらしい時を詠みとどめ得た〝いま・ここ・われ〟の句といえるだろう。まさにゲーテがファウストに叫ばせた「時よ、とどまれ、おまえはじつに美しい」の言葉を常に心中に持ちながら、詠みつづけたのが上田五千石だったのである。

五千石の五十代は、〝眼前直覚〟に〝美意識〟が意識的に加えられた時代でもあった。その頃のことを、上田日差子は『上田五千石五百句』（「ランブル」平成二十一年九月号付録）の「あとがき」で次のように懐古している。

今になって、父の趣味について考えてみた。読書もしくは絵画鑑賞、この二つに尽きると思う。父は居間を兼ねた書斎で原稿を書くのが常であった。自分の座椅子の近くには俳句の本は置かず、そこには必ず画集や画論に関する本が所狭しと並んでいた。稿の合間に画集をとり出しては、眺める姿をよく目にしたものである。

（『上田五千石五百句』より）

五千石の美意識は、日頃から意識して磨かれていたことがわかる。「美意識の時代」があった後に「行きつく先は、宗教だろうな」と話していたことなども、自ずと思い出される。六十代となった五千石は、

もがりぶえ初めに叫びありきとぞ　平7
かくて主の如く枯野を追はれけり　〃
寒暮光わが降架図に母よ在れ　〃
身から出てあまり清らに盆の汗　平8

道元の寺出て月の芋の花　平9

といった句を詠んだ。第五句集『天路』の後記にあたる「抄出に至るまで」（向田貴子）に「良寛の書々が机上にうず高く積まれる日々があり、何を思われたか「愛語には死ぬまで到達し得ないことがわかった」とポツリと洩らされた。結果、第五句集は、「天路歴程」を踏まえての「天路」と決定されたのが、句集名『天路』への道筋である」とあるが、こうした決定がなされたのは、これらの句が詠まれた頃のこと。ノアの方舟を思わせる〈有明は破船の形《なり》にもがりぶえ〉もまたこの頃の作である。聖書の言葉も散見されるが、このように多く用いられるのは、第一句集『田園』以来なかったことである。

心してをさなへたよりうめもどき　平9
この年は旅を奢りぬ万年青の実　〃
夜仕事をはげむともなく灯を奢り　〃

芋虫の泣かずぶとりを手に賞づる　〃

色鳥や刻美しと呆けゐて　〃

安心のいちにちあらぬ茶立虫　〃

これらは平成九年の作で、五千石の絶筆となった六句。幼い子どもへ宛てた便りを「心して」書き、旅をはげみ、夜仕事にもはげもうとする。しかし、何もしていない、俳句も考えていない空白の時の中にいる自分にふと気付くといったことも増えてゆく。平成七年の作に〈呆とあるいのちの隙《ひま》を雪ふりをり〉〈うつせみの生身をかしき柚子湯かな〉とあるように、「呆」とあることを意識したとき、より強く、永遠の中の一瞬にある〃われ〃を感じている。ただし、この二句には、百句発表の最後の二句としての作者の構えがないわけではない。これに対して、〈色鳥や刻美しと呆けゐて〉には、意識して作られたのではない、自然な臨場感がある。ファウストが、自身の命を失う言葉であるのに思わず発してしまった「時よ、とどまれ、おまえはじつに美しい」と同様の思いから発せられた「刻美し」だったのである。

最後の一句に触れることにしよう。ファウストの死後、その魂を悪魔（メフィスト）に渡さずに天上へと導いてゆく天使たちは、次の言葉を唱和する。

絶えず努め励むものをわれらは救うことができる。（相良守峯訳）

自助によって（眼前の）いま・ここをはげむことにより、天からの愛（直覚）を授かることができる。絶えず努め、はげむ者は、時のその一瞬、一瞬をより美しく見ることを許されるのである。こうしたある種の信念に基づき、「絶えず努め励むもの」としての自身を投影して詠まれたのが、〈安心のいちにちあらぬ茶立虫〉であった。

この句の「安心」は、儒教の安心立命の語から出て、禅僧の菩提達磨が仏教徒としてはじめて用いた宗教語である。信仰によって心を定め、心が動かない状態になるという意味。そんな一日を求める心も一方では強くあるのだけれど、茶立虫よ、おまえと同じように、私にもそのような日は来ないだろう。静かとも忙しいとも感じられる音を立てつつはげむ茶立虫。私も同じようにはげみ、生きつづけ、死んでゆくのだ。

この句が詠まれた後、天は、五千石に一日しか時間を与えなかった。

＊＊＊

こときれてゐればよかりし春の夢　『天路』平6
鳥雲に何ぞ待たるるおのが果　〃　平8
七夕やさびしかなしの世に遊び　〃
わが消なば道こそ絶ゆれ百日紅　〃
さびしさのじだらくにゐる春の風邪　〃　平9

五千石の死生観や晩年の様子がわかる句を引いた。俳壇での地位を築いたことと引き替えの過労、加齢からくる呆け、自堕落、さびしさといったものが窺われる句も見える。ジョン・バニヤン著『天路歴程』の主人公クリスチャンたちは、もっと明るく死んでゆく。清教徒たちには、神の御元へ召されるよろこび、信仰の確信があるからである。掲出の句にあらわれた死は、それほどに明るくはない。また、解離性動脈瘤に倒れた五千石は「死んでたまるか」と発し、そして最後に「有難う」の言葉をのこしたと聞いている。

こうした事実を思うと、師の生涯を安易にゲーテとの照応で見てしまうことには、憚られる面もある。あるいは蛮勇であるかもしれないが、それは承知のうえで、いま一度気持を奮い立たせ、ゲーテと五千石との関係を整理してみよう。

＊＊＊

まず、ゲーテとの接点を示す資料としては、自伝中の「十八歳のいまを充実させる」ため、浪人中の夏に『ファウスト』第二部を読んだという記述。そして

「「永遠に女性なるものがわれらを引きあげて行く」という最終行の言葉だけが、妙に私の心を安らげてくれた」との感想を得たことが挙げられるだろう。『ファウスト』の第一部については、おそらく高校生の時点で読んでいたと推測することもできる。大学に進学した五千石は、いわゆるノイローゼとなって帰郷した折に、秋元不死男と出会い、そこから本格的な作句がはじまる。このノイローゼには、仏教者である両親のもとに生まれた出自、キリスト教系の大学に学んだことによる違和なども関係していて、

冬薔薇の花瓣の渇き神学校　『田園』昭31

など第一句集『田園』の第一章「冬薔薇」の句にそれがあらわれている。西洋の文化を摂取する過程において、五千石にとってゲーテの作品は、キリスト教より受け入れ易いものであったようだ。学生作家として活躍するようになったこの頃、

雪嶺に朝日「永遠《とは》に女性なるものへ」　「氷海」昭32・2
「もつと光を」鴉の絶唱寒の暮　〃　昭32・7

といった、ゲーテの言葉をそのまま用いた句も詠んでいる。青春のひとつの区切りとして詠まれた、

萬緑や死は一弾を以て足る　『田園』昭33

には『若きウェルテルの悩み』の主人公が自死する場面のイメージが援用されていること。この句と対をなす、

もがり笛風の又三郎やあーい　『田園』昭34

が「永遠に女性なるもの」を希求する中で、これを現実の女性の中に見出して生

まれた表現であるということ。同様に、

渡り鳥みるみるわれの小さくなり　『田園』昭40

が詠まれた背景にも、『ファウスト』終局における昇天のイメージがあること。このように、五千石の青年期には、ゲーテからの影響が顕著であった。三十五歳で俳人協会賞を受けたのちにスランプに陥った五千石は、これまでの作句法をいったん捨て去り、「眼前直覚」という手法を編み出すのだが、このことは『ファウスト』第二部の前半における自然の中での復活と不思議な符合を見せる。『ファウスト』においてはギリシア古典美とドイツ精神の合体であったものが、五千石の句作では〟眼前直覚〟に主に日本的、東洋的美意識が加味されるというかたちで展開されたのであった。

まぼろしの花湧く花のさかりかな　『琥珀』昭58

貝の名に鳥やさくらや光悦忌　〃　平2

などに見られる時空を超越した作風は、ファウストの言葉「時よ、とどまれ、おまえはじつに美しい」を思わせるものとなってゆく。

「行きつく先は、宗教だろうな」

と、五十代前半で美意識の先に宗教を見据えていた五千石。六十代に入ると、

もがりぶえ初めに叫びありきとぞ　『天路』平7

のような宗教的モチーフを再び扱うようになる。本章の冒頭で述べた私の直感が正しければ、岩波文庫『ファウスト　第二部』のカバーの解説文にあった「人類のため社会のための創造的活動」によっての自己救済が、「俳句をやっていると幸せになるよ」が口癖だった五千石にとっての〝宗教〟であったことになる。期せずして絶筆となった、

色鳥や刻美しと呆けゐて　『天路』平9
安心のいちにちあらぬ茶立虫　〃

にも「時よ、とどまれ、おまえはじつに美しい」を思わせる「刻美し」という表現や、信仰によって心を定めるという意味の「安心」という宗教用語が見える。このように五千石の句作には、晩年に至るまでゲーテの影響が大きかった。その境涯が、ウェルテルやファウストのそれと不思議な符合を見せることについても、〈萬緑や死は一弾を以て足る〉といった句作の背景にあったものを思うと、あるいは、ある程度意識的になされた可能性を否定できない。仮にそのような部分があったとして、つまるところ、そうした一切は十代でのゲーテ受容に基因するものと考えられる。人生において最も多感な時期の読書が、その後の価値判断の基礎となったのである。そこから独自に展開し、花ひらいたのが上田五千石の句業である。

以上、五千石の主に初期と後期の句作を、『ファウスト』に代表されるゲーテの著作と対応させせながら繙いた。五千石の美意識、宗教観についての理解をさらに深めるには、本章でもすこし触れた〝俳句模様論〟や晩年の良寛への傾倒といった要素にも考察を加える必要があると思われるが、これらについては、次章以降で述べたい。

第三章　俳句模様論

1

五千石の句作にみられる美意識の原点ともいえる句が、

告げざる愛雪嶺はまた雪かさね

であり、この句と同時作に、ゲーテの『ファウスト』の最後の部分を引用した、

雪嶺に朝日「永遠《とは》に女性なるものへ」

があること、そして、なまめかしい女性の句もあるが、その類はごく少なく、新妻を詠んでも、聖女や観音のような〃永遠なる女性〃として詠まれていることは前章でも述べた。

春月の暈も円かに聖受胎
柚子湯出て慈母観音のごとく立つ

第一句集『田園』は、昭和四十三年十月二十四日の発刊であるが、その三ヶ月前、七月二十日に「氷海」の二十周年記念大会があった。この折に、鷹羽狩行と上田五千石が演者となって各一時間の講演をしている。そして、この講演を水原秋桜子が「馬酔木」誌上で採り上げたのだった。現在の私たちの感覚からすれば、秋桜子が講演会から出席していることすら驚きであるが、それをまた、自身の主宰誌で賞《ほ》めたのである。この時の、五千石の演題は「俳句のことばとその模様化について」であった。翌年、この講演の速記録は「氷海」四月号に掲載されたのであるが、その間に、『田園』が俳人協会賞を受賞し、同賞に関する記事は「俳句」二月号に掲載されている。誌面には、鷹羽狩行が執筆した上田五千石論「伝承の使者」もあり、これは五千石論としては、晩年を論じた大石悦子によるものと並ぶ好著である（同号には、高橋沐石、香西照雄の五千石評もある）。

狩行は、この文中で五千石の〝模様論〟を要約してくれている。この〝模様論〟が重要であるのは、それが句集『田園』を編む作業と並行し、五千石自身の句作の整理検討と同時期になされた仕事だということによる。第二句集『森林』に収められた句作の実践の中から〝眼前直覚〟〝いま・ここ・われ〟という語が生まれたように、『田園』期における実践の中で生み出されたのが〝俳句模様論〟なのである。

狩行の「伝承の使者――上田五千石論――」から、模様論について解説がなされている部分を引こう。

> 俳句を造型美術的な観点に立って、言葉を、ものとして処理する。言葉を流動的でなく、一種の個物として扱う。それは美が、人間の常ならぬ情念でゆらぎ失われていくのを定着するために、俳句でも言葉を模様のように完成し、固定しなければならない。単一化・即物・写生――これらの意味は、言語を十七音造型の中に完成し永遠化することだ。もし俳句が自然の方向にだけ傾けば俳

句の完成は易しい。人間に傾けば傾くほど困難になる。俳句の歴史はこれを繰り返した。本当の正しい道は、この両方を包容した作家ではないか。（中略）もし、ホトトギスの写生主義が駄目ならば、それはただ安易に俳句という詩型だけを完成させたからだ。その前提に文学としての人間追求を忘れたために、ホトトギスの瑣末主義が生まれた。自分が尊敬するホトトギス作家――川端茅舎・松本たかし・山口誓子・中村草田男――がやったことは、人間追求を行いつつ、表現としては自然描写と殆んど同じように見せるようにしてきた。そこに俳句の完成がある……。

（「俳句」昭和四十四年二月号より）

2

昭和四十三年七月二十日に行われた講演「俳句のことばとその模様化について」の速記録を見ると、五千石は十五の俳句作品を採り上げて論じている。左は、そのうちの七句である。

青天や白き五弁の梨の花　石鼎
一枚の餅のごとくに雪残る　茅舎
多喜二忌や糸きりきりとハムの腕　不死男
北欧の船腹垂るる冬鷗　不死男
みちのくの星入り氷柱吾に呉れよ　狩行
スケートの濡刃携へ人妻よ　狩行
秋の航一大紺円盤の中　草田男

はじめの「青天や」の句については、

白い花が青天に、くつきりと象嵌されたように出ております。梨の花が白い五弁の花であることは、図鑑を見れば出ています。しかし、この句にあるものは、図鑑や知識で作つたものではありません。感覚でとらえられた即物的な「白き五弁の花」です。何か陶器のような感じのもの、それが青天に鋳込まれて、ぴしやりとはまりこんでいます。（中略）美というものが宿るべき格好な家、格好な場所を見つけて、美が住み着いているという感じなんです。

（「氷海」昭和四十四年四月号より）

と述べている。これについては、二十年後、平成二年刊の『ＮＨＫ俳句入門　生きることをうたう』（日本放送出版協会）に、さらに明解な記述がある。本章の話題の核となる部分なので、こちらも引用しておく。

俳句の言葉は「模様」になろうとしている、と言ったことがあります。それは、「模様」というものが、ものの姿を「煮つめ」て、これ以上は動かせないというところまで、単純化し、しかも誰もが、そのものの本質だと了解される図形になっていなくてはならないように、俳句における言葉もまた、模様化され、「煮つめ」られて、結晶していくものである、ということです。

（『生きることをうたう』より）

同書ではさらに、水尾比呂志著『民芸の美』（昭和四十二年、河原書店）から、

模様は絵が到達した究極の象《かたち》である。模様にまで昇華されない絵は、不安定で人間の情念によろめきやすい。美は宿るべき確固たる場所を見つけ出しにくくて、出たり入ったりする。煮つめられた型には安心して住みつくことができるのだ。

（水尾比呂志著『民芸の美』より）

との記述をその根拠として掲げている。美術の理論を俳句に持ち込むことは、子規以来のやり方である。この美術書から俳句模様論を展開するきっかけとなったのは、鈴木只夫の案内による多治見行で、その帰りぎわに求めた湯呑みであったという。このくだりも、秋桜子に賞賛された五千石の話術の特色が伝わってくる部分なので引用をしておこう。

駅から虎渓山を通り、高田街道を行きますと、無形文化財の荒川豊三さんの

窯があります。そのちよつと手前に、荒川さんの息子さんの窯が――水月窯といいます――ございます。主人が留守で、ひつそりと静まりかえつた中で、奥さんと話をしてきましたが、帰りぎわに湯呑み茶碗を一つ求めました。（中略）筆先でチョンチョンと五つの点が打つてあり、それが梅の模様になつております。単純明快、梅そのもの、まさに「模様」なのです。

ただ五つの点を打つただけなのに梅にちがいない、この「模様」に強く惹かれました。その時にすぐ思い出した句が〈初雪や犬の足跡梅の花〉であります。（笑）この句は、今皆さんがお笑いになつたように、決して名句ではありません。だけれども、これを庶民の俳句として受け取つてみますと、「梅の花」が確かに定着されていることには感心させられるのです。（中略）くだらない句ですが、「俳句性」がどこかにあります。それは、ことばが模様みたいに俳句の中に納まつているからではないでしょうか。

（「氷海」同号より）


『生きることをうたう』では、「模様」についての文章の前には「俳句というものを形式の上からみれば、結局、短歌の五・七・五・七・七の七・七を削ったもの」「七・七の尾を切った、五・七・五は、リズムの上から言いますと、下の句（付句）へ流れることをやめて、それ自体の中で、また還流するリズムを取り出したということ」「芭蕉は「発句の事は行きて帰る心の味也」（三冊子《さんぞうし》）と言っていますが、現代のわれわれは、それを円環的リズム、円を描くリズムと言っていいます」「言いとめた時が、この器の中で永遠に「今」を回っていると言ってもいい」といった記述があり、俳句の形式面からの考察を加えることで、〃模様論〃を深化させていったことがわかる。余談になるが、現在、私が主宰する「松の花」のスローガンに「永遠に言葉の循環する詩――俳句」とあるのは、ここのところを言っているのである。

『生きることをうたう』で展開される俳句論の中核は、第三章の冒頭に置かれた「煮つめる言葉」の節であるが、これはすなわち〃模様論〃なのである。当初発表されたものをより重層的に深化させている。切れ、円環的リズム、行きて帰る味わいのあるすぐれた俳句には、煮つめられた言葉、模様となった言葉が使われていることが、俳句という詩型の根本として述べられている。

3

青天や白き五弁の梨の花　　原　石鼎
一枚の餅のごとくに雪残る　　川端茅舎
秋の航一大紺円盤の中　　中村草田男

前述の講演で五千石は、名詞は「静止的、止つております。動かない模様になりやすい言葉」、漢語は「一字一字が落ち着いていて「模様」になつています」といったことを石鼎の句などについて述べている。さらに、二句目の茅舎の作については「俳句は比喩が得意ですが、これも模様化に関係があります。例えば〈一枚の餅のごとく〉といわれたために、残雪がはつきりとイメージ化され、餅が雪なのか、雪が餅なのかわからないほど、渾然一体となつています。比喩が模様になるために奉仕しているごとくであります」。三句目の草田男の比喩についても「この句は体言ばかりで、太い一本の棒のように表現されております。一大紺円盤の中、秋の空と海とが渾然一体となっていて、目がくらむ思いがします」と述べている。

ところで、五千石の模様論が、句集『田園』の刊行とほぼ同時期に発表されたものであることはすでに述べた。しかし、これは、その当時いきなり考え出されたものではなく、前段階として、「デフォルメ」や「グロテスク」といった言葉を用いた考察があった。それは、十年以上前、二十四歳で発表した「川端茅舎掌論」中に見える。

五千石のこの文章は、茅舎の句にゲーテ著『ファウスト』に通じる不良の臭いを感じるところからはじまり、「デフォルメ」「グロテスク」というキーワードを導き出すもの。引用しよう。

詩は悪魔とも接吻する。／川端茅舎の作品から、鼻を衝く不良の臭いをどうしても、僕は打ち消すことができない。／それはメフィストフィレスと手を携えて、快楽を追求するファウストのあの不良性かも知れない。そういえば、句集「華厳」の冒頭、

金龍のだらりと消えし花火かな
硝子戸に天鵞絨《ビロウド》の如蟲の闇
蚯蚓鳴くぅはの空蹈む闇路かな
尾を引いて芋の露飛ぶ虚空かな

には、まるでワルプルギスの夜（注2）を飛翔する感覚と「正真正銘魔女の世界」が現出しているではないか。「永遠に女性なるもの」に憧れて努めゆく人間に必然する、あの迷い、あの暗黒な内のうながしに動かされる魂の淫蕩にこそ不良の名は値する。

（「氷海」昭和三十二年七月号より）

と、いかにも青年らしい書き出しではじまり、

あゝ俺の胸には二つのたましいがすんでゐる。／その一つが外の一つから離れようとしてゐる。／一つは荒々しい愛情の情をもって章魚の足めいた。／搦みつく道具で下界に搦みついてゐる。今一つは無理にも塵を離れて、／高い神霊の世界に登らうとしてゐる。

（ゲーテ著『ファウスト』より）

という『ファウスト』の文章を引いている。そして、茅舎の代表句については、

金剛の露ひとつぶや石の上　（川端茅舎句集）

全宇宙が挙げて一粒の露と化し、あの孫悟空のかなしい喜劇に於ける、無辺際の仏の掌の如き石の上に実在する。この質量感と永遠感はどうだ。「木思石語の摩訶不思議の世界」（山本健吉）であり、グロテスク、怪奇に画かれた世界である。こゝには平面的写生とか写実ではなく、セザンヌ以後の近代画家のすべてを物体として描き出そうとする、質量感をもつて在来の美に換えたあの精神と方法がある。デフオルメであり、グロテスクがある。

（「氷海」同号より）

と述べている。ここで登場する「デフォルメ」も「グロテスク」も美術用語としてのそれである。特筆すべきは、本来は「グロッタの文様」を意味する「グロテスク」の語を用いていることだろう。古代ローマにはじまる、異様な人物や動植物などに曲線模様をあしらった奇抜な装飾文様で、皇帝ネロの宮殿発掘の際に、そのグロッタ（庭園に作られた洞窟）で発見されたことからついた呼称。その後、ラファエロがバチカン宮の装飾に用いるなど、流行したという。

二十四歳の五千石が、すでに〝模様〟の一種を指す語でもある「グロテスク」を用いていたことは、偶然ではないだろう。

ゲーテ著『ファウスト』に登場する悪魔・メフィストフィレスと共通の不良性を茅舎の句から嗅ぎ取り、ファウストの精神の二元性（実は五千石自身の二元性でもあるのだが）をも茅舎に見出している。それは、煩悩即菩提、妄執即脱落のいわゆる〝茅舎浄土〟といわれる句群に見られる二元性である。〝病床六尺〟の境涯と〝花鳥諷詠〟の哲学の二元を結びつけて浄土俳句を詠出する手法がデフォルメであり、グロテスクであり、この手法は、茅舎にとって手法でなく生理と化して

いるとし、「芥子粒を林檎のごとく」見せるデフォルメとグロテスクの句として、

白露に阿吽の旭さしにけり　（川端茅舎句集）
露の玉百千萬も葎かな　（〃）
ひろびろと露曼陀羅の芭蕉かな　（〃）
露の玉蟻たぢ〱となりにけり　（〃）
露の玉ころがり土龍ひつこんだり　（〃）

など一連の露の句を挙げる。そして、

しぐるゝや目鼻もわかず火吹竹　（〃）
しぐるゝや日がな火を吹く咽喉仏　（〃）

などが、のっぺらぼうか、一つ目小僧のグロテスクな一形相をとらえた句として

挙げられている。

ぜんまいののの字ばかりの寂光土　（華厳）

などは、まさにグロテスク文様である。茅舎の不良性は、病床六尺的境涯のデーモンであるが、その不良性がデフォルメ、グロテスクの手法で花鳥諷詠とされたのが、茅舎浄土と呼ばれるその作品群である。こうした美しさへの共鳴が、十年余の俳句修行を経て、模様論へとつながっていくのである。

注２　ワルプギルスは、八世紀頃の聖女。魔法の守護神とされ、彼女の記念日である五月一日の前夜には、魔女たちが山に集まり、乱痴気騒ぎをすると伝えられている。

4

五千石の第一句集『田園』は、「冬薔薇」「虎落笛」「青胡桃」「柚子湯」「蠟の花」「渡り鳥」の六つに区分されている。ほぼ制作順に編まれてはいるが、年次は付されていない。この六つの章には、それぞれ、その章を代表する句が収められており、章題はそこから採られている。

冬薔薇の花瓣の渇き神学校
もがり笛風の又三郎やあーい
青胡桃しなのの空のかたさかな
柚子湯出て慈母観音のごとく立つ
あけぼのや泰山木は蠟の花
渡り鳥みるみるわれの小さくなり

これらの句を携え、五千石は〝俳句模様論〟を発表した。「青胡桃」の句、「蟣の花」の句などは、完璧なまでに堅固な模様となっている。何度読み返しても、溜息の出るような句群である。作者自身が後記に「私の句業はこの集以後に始まると、ひそかに決意している」と記しているように、自作を超えるものをめざすということが、苦業のはじまりであったともいえる。

本書の第二章で、『田園』は、ゲーテの著作でいうと『ファウスト』の第一部に相当し、以後の句作は第二部に相当すると述べた。そのことを補足する意味でも、『田園』におけるゲーテの影響についてもう少し説明しておこう。

同句集の冒頭に戻ると、三十句を収めた「冬薔薇」の章には、「寒星」「雪嶺」といった小見出しが十六ある。巻頭は〈ゆびさして寒星一つづつ生かす〉の句で、次の〈冬薔薇の花瓣の渇き神学校〉と二句一組といった感じに「寒星」の見出しが付されている。次の二句に対しての見出しが「雪嶺」で、以下同様につづいてゆく。

五千石が、メルヘン的とも見える茅舎の露の句の中に、デフォルメとグロテスクを感じ、『ファウスト』に登場する悪魔・メフィストフィレスのような不良性をも感じ取っていたことは先に述べた。

五千石自身のこの時期の句を見てみると、不良的・メフィストフィレス的な句作と、永遠に女性的なものに導かれて上昇しようとする句作が、茅舎の場合のように一句の中にあるのではなく、それぞれ別個に存在する。「冬薔薇」を章題としたのは、不良臭を、そして『ファウスト』の跡を自身の青春の証としてとどめておくためではなかったか。天上の星が聖なるものであって、地上の薔薇が不良的・俗なるものであるという対比はわかりやすいが、次の〈告げざる愛雪嶺はまた雪かさね〉〈寒林の透きゐて愛の切なきまで〉の二句は、どちらも〃永遠なる女性〃への憧憬の句と読める。あえてこの二句を並べている理由は何だろう。

ファウストの〃永遠なる女性〃としてのヒロインはグレートヘンである。しかし、第一部で登場するこの女性は、悪魔に魂を捧げたファウストによって兄を殺され、ファウストの子を産み、錯乱して子を殺し、投獄され、処刑されてしまうのだった。こうした〃永遠なる女性〃への思いと現実の女性に対する愛の切なさとがミックスされた「寒林の透きゐて」の句は多分に不良性を含んでおり、それ故、純粋に〝永遠なる女性〟への憧れを詠んだ「告げざる愛」の句と一対にされたのだろう。

「冬薔薇」の章における二句一組の句作は、ほとんどがこの聖と俗との対比を生む配置となっている。いくつか例を挙げてみよう。

青麦原

雪割つて先駆の光つばくらめ　（聖）

青麦原神父を貶し鴉発つ　（俗）

黒　蝶

羽繕ふ間も黒蝶の華麗な生　（俗）

鉛筆で火蛾の屍除くる貧詩人　（聖）

日　輪

雪の峡初心《うぶ》の日輪顕《た》ちにけり　（聖）

焚火踏み潰す下界へ還らねば　（俗）

まるで、舞台でのファウストとメフィストフィレスの掛け合いのように、対となっている。このように、〃模様論〃的思考は、ゲーテの著作による影響とも複雑な結びつきを見せるなど、句集『田園』の成立と密接にかかわっている。

以上、五千石による〃俳句模様論〃の概要と、この俳論が初期の五千石作品を読み解くうえで欠くことのできないものである理由について述べた。この〃模様論〃の構築は、若き日における五千石の美意識の形成と不可分であり、〃眼前直覚〃の修行時代に一旦捨て去られたかのように見えて、実のところ、五十代における〃美意識の時代〃の展開にも、伏流水のようにつながっていくのである。

第四章　「氷海」新人会時代

1

本書の第二章で、五千石第一句集『田園』の最終章の句が少ないことに触れ、「心労の故か」との自註も引いた。この点について、もっと俳句の本質的な面での理由もあったと思われるので、補足しておこう。それは、山口誓子に対する傾倒に一区切りをつける時期が来ていたからである。『俳句に大事な五つのこと　五千石俳句入門』（角川学芸出版）の中に、五千石が、師への傾倒ということについて述べている箇所があるので引いてみる。

まず、「天狼」の誓子選に投句したことについて、

誓子選は私にとってリトマス試験紙でありました。内容ではなく俳句性（それが俳句であることの骨格）の有無を峻別されるその選は、私の俳句の甘い抒情や未消化な文学的思考を切り捨てるまことによい道場ともなりました。／まもなく私は、誓子信者ともいうべき堀井春一郎、鷹羽狩行という願ってもない先輩を身近

にして、山口誓子の人と作品の研究に没頭する幸運を得ることになります。

（『俳句に大事な五つのこと』より）

この誓子の研究に没頭した期間というのは、『田園』所収の句作が生み出された期間とほぼ一致する。五千石は同書において、誓子による堀井春一郎句集『教師』の序文を引用し、「傾倒」ということを説明している。

『教師』に序して誓子は「格に入つて格を出る、これが修業である。入つただけでは駄目《だめ》、出なければいけない。俳句の場合、私を学ぼうとすれば、私の俳句の格に入つて、そこで私の物の看方《みかた》、捉《とら》へ方、現し方の機微に触れることが先《ま》づ肝要、その後は私から会得したものを実作の上に試し試して終《つい》には私の俳句の格を蹴《け》ることによつて自己の方向へ進むのである。個性とはこのときの自己の方向である。傾倒とは一作家を学ぼうとする意志であるが、その意志の傾倒度は急なほどいい。格に入ること急なれば、格を出《い》づること速かであるからである。（略）最も個性的なひとが最も傾倒的と云《い》へるだらう」と書いています。傾倒とはどういうことかがおわかりと思います。（同書より）

五千石自身の誓子への傾倒は、〈渡り鳥みるみるわれの小さくなり〉（昭40）、〈水鏡してあぢさゐのけふの色〉（昭42）といった句を成した頃に「格を抜けた」といえるだろう。まだ「眼前直覚」による句作ではないが、この時点までの作で句集をまとめたことにより、一貫して誓子に傾倒し尽くした完成度の高い句集となったのである。

2

句集『田園』は、第八回俳人協会賞を受賞した。三十五歳での受賞は、同門の先輩・鷹羽狩行とならぶ最年少。別に俳人協会新人賞が設けられている現在では、この記録が更新されることはまずない。同賞を受賞した句集の中でも、とりわけ青春句集としての特質を持つのが、鷹羽狩行『誕生』と上田五千石『田園』なのである。

当時の選考委員による評を引用する。「三十代作家としては稀らしいほどの根性と将来性がある。しかし今回対象の『田園』はいささか句数が少な過ぎる難がある」（岸風三楼）、「生まれながらの俳人だと私は見ている。狭いかもしれないが深い」（秋元不死男）、「詩才の豊かなうまい作家である。若いし、将来性もある作家だが、うまさが見えなくなった時が、恐ろしいと思う」（加畑吉男）、「十五年間の句業を僅か二百五十余句にとどめたことには、作者の決意も窺れるのであるが、結果としては、重量を失い、内容を薄くしてしまった感があった」（岸田稚魚）、「未だ壮齢であるし、句歴も相当に永く、充実した作品を揃えている。（中略）近い将来においては、今回の二百五十句の倍量に達するくらいの重量のある句集を以って、更に鮮かに「第二の御目見え」を実行して貰いたい」（中村草田男）。

ほぼ似かよった評価である。最も簡潔に受賞した理由を記しているのは、「上田五千石の受賞はその作品もさることながら、彼の未来への期待値に比重を置いたものと解する。伝統俳句に新人の乏しいことを憂うる委員達の視線が、自然にこの人の若さに集まつたのであろう。他の有力候補加倉井秋をが既成大家、森総彦が故人であることもこの人に幸した。もとより『田園』は悪くないが、小粒にまとまり過ぎて、同門の先輩鷹羽狩行が登場したときのような新鮮な驚きに乏しい。今後の精進を望む」という草間時彦の言だろう。

つまり、「伝統俳句に新人の乏しいことを憂うる委員達」の存在が背景としてあったことが大きいのである。同賞発表の記事が載った「俳句」昭和四十四年二月号の誌面には、当時の俳壇の状況がはっきりと現れている。

この号の巻頭は、飯田龍太と能村登四郎の近詠各三十句。龍太の三十句中には彼の代表句となる〈一月の川一月の谷の中〉も見え、「俳誌月評」欄の匿名子評も「龍太の茲二三年の句は最高頂点を極めつつあるのではないか」と評している。時代は、龍太、森澄雄が俳壇の頂点へと歩を進めている頃であった。この二人は、ともに俳人協会に属しておらず、現代俳句協会にとどまった「雲母」「寒雷」の作家。俳人協会としては、彼らに対抗できる大型新人を輩出したい時機であった。

そのような背景もあり、第五回の狩行、第八回の五千石と最年少の俳人協会賞作家が誕生したのであった。

3

草間時彦の「もとより『田園』は悪くないが、小粒にまとまり過ぎて、同門の先輩鷹羽狩行が登場したときのような新鮮な驚きに乏しい。今後の精進を望む」という見解について検討をしておこう。そのために、狩行『誕生』と五千石『田園』をともに読み直してみた。

誓子が序文に記しているように、『誕生』が面白くなるのは、結婚の年から。それまでの作は、いわゆる「天狼」の優等生の句で、〈舷梯《げんてい》をはづされ船の蛾となれり〉（昭31）などがある。狩行の句は、〈スケートの濡れ刃携へ人妻よ〉（昭33）あたりから一気に個性豊かになってゆく。四百五十句を収めたこの句集と比べると、五千石『田園』の収録句は半数余りに過ぎない。ただし、『田園』は、その一句目からインパクトがあり、面白いのである。『誕生』は、「天狼」の誓子選に入選した句を制作順に並べた超優等生の句集。五千石にしてみれば、同じ体裁にしてしまうと、狩行や堀井春一郎といった先輩の後塵を拝することが明らかであった。『田園』の成功は、『誕生』の前半にあるような句をすっぽり削ったことによる。量についての批判などは、十分覚悟の上でしたことだろう。

狩行との関係について、五千石は、

鷹羽狩行との初対面は私の「氷海」入会時の出会いから始まった。俳句の世界で生涯のライバルとみなされることは私の光栄であるが、この兄弟子には迷惑なことであろう。が、ともかく常に私の歩む前を確かな足どりで、ラッセルをし、リードして標高を稼いでくれたこの人がなければ、私のような怠け者はいまごろどうなっていたことか。比喩をつないで言えば、私はこの人の背中の見えるところを四十年もの間歩いてきただけだということになる。

「氷海」新人会は狩行さんの結婚で、つぎつぎと仲間が連れ婚するようになって崩壊した。しかし結婚によって句境を新たにひらいて、俳句に新鮮な視覚をもたらした作家はただ狩行一人のみであった。

スケートの濡れ刃携へ人妻よ　狩行

妻へ帰るまで木枯の四面楚歌

ことに新婚俳句は斬新《ざんしん》で、世の評判になった。（『春の雁』より）

と自伝に記している。若き日には、狩行への競争心を隠さない五千石であったが、還暦頃には客観視したもの言いとなっている。

狩行が〈スケートの濡れ刃携へ人妻よ〉を詠んだ昭和三十三年、五千石には、

断髪の生まの襟足卒業す

ハンカチに滲む臀型うまごやし

などの女性をなまなましく詠んだ句が見える。そこには、少なからず狩行の影響があったのではないか。

4

〃「氷海」新人会〃について述べたい。五千石が直接学んだのは、まず不死男、そして不死男の義妹・清水径子の指導により「天狼」へも投句するようになる。「天狼」入会後は、堀井春一郎の手ほどきを受け、春一郎をリーダーとする「氷海」新人会が鍛錬の場となった。ここでの鷹羽狩行らとの交流は、五千石初期の代表作が生み出されるために不可欠なものであった。五千石自身、

昭和三十一年九月、西東三鬼東上のことがあり、天狼賞作家堀井春一郎の「氷海」同人参加を一つの気運として、私は鷹羽狩行などと相図って、その暮れに「氷海新人会」を発足させた。妻帯者は指導者格の春一郎こと〃春ちゃん〃

だけで、他はみな二十代前半の若い男たちばかりであった。「馬酔木」に藤田湘子指揮下の「青の会」があり、俊秀が育っていた。これを仮想敵としての旗揚げで、いわば「天狼」か「馬酔木」かの若手対決の意気込みであった。（同書より）

と『春の雁』に記している。この三人の外には、不死男が桂馬将棋の風と評したしかい良通（現「松の花」副主宰）や諸岡直子、幸諷子、大和田としを、中村慶三などがいた。三十三年後半に狩行、翌年に良通などと次々に結婚、三十五年には五千石が結婚して、同会の活動は、終ったのだろう。

五千石は、この会を含め、堀井春一郎に「句を見せ、批評をこうことで、文字通り兄事」した。堀井が初めて丸をつけた句が〈もがり笛風の又三郎やあーい〉で、「「これだ、これが君だ。君ははじめて君の句を作った」と言って喜んでくれた」のだという。

狩行が次々と新婚俳句を発表した昭和三十三年から三十四年、五千石も〈萬緑や死は一弾を以て足る〉〈もがり笛風の又三郎やあーい〉などの句を得ている。

五千石自身もまた男として成長しつつある充実と同時期に、春一郎、狩行、良通といった「氷海」新人会の仲間とともに俳句に情熱を燃やす中で得られた成果であった。

「氷海」新人会（第一次と呼んで木内彰志、玲子、鈴木渥志らの第二次新人会と区別することもある）と結婚の話では、五千石が、しかい良通の第一句集『帰帆』の「跋に代えて」に面白いエピソードを記しているので紹介しよう。

氷海新人会が、鷹羽狩行の結婚以来、さびしくなっていったころ、箱根強羅の横浜ゴムの寮で忘年会をやったことがある。／夜も遅くなって、しかい君がみちのくの出張先から、家にも寄らず山をのぼってきてくれたときは嬉しかった。／ことに、その日の出席者は少くて、山中の夜寒が、灯火までも暗くさせていたような酒宴であっただけに、あきらめていた、しかい君の出現は、中村慶三、田和大私、幸諷子らを寝ずの酒にさせての議論にふるい立たせるに十分であった。／朝の膳に宿酔不眠の顔が揃って、薬だといって迎え酒をやりかけたころ、しかい君の「おれ、なあ、」が、遠慮勝ちに、困惑しきったあげくといった調子で出た。／「悪いけど、な、おれ、もう、帰らなくちゃ」「ん、ほんというと、な、おれ、きょう、嫁さん、もらうんだ。」／これにはみんなの悪酔いが、一ぺんにすっ飛んだ。／結婚式だというのである。句集年譜に「昭和三十四年十二月伊藤家次女裕代と結婚」と淡々と書いてあるが、その当日だ。時間は切迫しているし、強羅からの山下りは、おいそれとはいかないのだから、さすがの悪童どもも、そのときだけは、ぞっとして、昨夜にかわってしかい君の来山をしきりに恨んだことであった。

（しかい良通句集『帰帆』より）

5

昭和二十九年の七月に秋元不死男と出会った五千石。「氷海」（昭和二十九年十一月初入選）、「天狼」（昭和三十年九月初入選）、「氷海」新人会発足（昭和三十年十二月）が、その出発であり、初期の活動の中核となる部分である。ここから五千石俳句が生まれた。一方で、「氷海」外での活動が彼の俳句の幅を拡げ、天狼調、氷海調といった俳句結社ごとの傾向に縛られない作風の形成につながっている。そうした活動のひとつが関東学生俳句連盟であり、また、超結社の同人誌「子午線」であった。ともに昭和二十九年十月より参加している。いずれも東大生であった三川ひろ志の誘いによるもので、「氷海」東京句会や「子午線」の句会場には、三川医院の二階（五千石の下宿から歩いて十五分ほど）が使われていたのであった。五千石の句が「氷海」に初入選するのが同年十一月。その前月から、多くの若手と交流を持つようになっていたのである。こうした経緯があって、俳人協会賞の選考で草田男から「遍《ママ》向性を見事に脱している」との評価を得ることができた。

三川に誘われた五千石は、まず、東大駒場キャンパスでの関東学生俳句連盟の句会に出席。主なメンバーは、東大の有馬朗人、上井正司、三川ひろ志、早大の桜井博道、中拓夫、大橋巨泉、寺山修司、折笠美秋、千羽靖夫（後に華道古流家元）、大和田としを、学習院の岡田日郎など。他にも慶大、國学院、東洋大、埼玉大、日本女子大などの学生が参加。顧問格には楠本憲吉（慶大ＯＢ）、高柳重信

（早大ＯＢ）という多彩さであった。五千石は、この会に大学卒業まで毎回出席、下級生の世話もしていたという。

まさに多士済々だが、同連盟に招かれた秋元不死男の弁でその空気を知ることができる。「あの会だけはもう出たくない。議論がうるさくて、難しくてしようがない。とにかく〝俳句はうまくなくちゃいけない。実作が大事、いい句を作りなさい〟と言って帰って来た」と言われたと、五千石が『春の雁』に記している。早大の句会に出た際の大橋巨泉、寺山修司についての記述もあるので引こう。

大橋巨泉君は下級生の寺山修司の作を部内の研究会でも支持し、擁護するのが常であった。寺山の才能を高く評価していたのだ。

林檎の木ゆさぶりやまず逢いたきとき　　寺山修司
桃太る夜は怒りを詩にこめて

巨泉の本質は司会者で、主役を引き立てながら自分の存在を打ち出すという生き方は、そのころから際立っていた。銀座の「テネシー」というジャズ喫茶

で華やかな司会をやっていた巨泉君を訪ねたこともある。（『春の雁』より）

6

創刊したばかりの同人誌「子午線」は、二、三十代の東大系の若い作家の集団であった。そのメンバーは、高橋沐石、古舘曹人、有馬朗人、北野民夫、橋本風車、深見けん二、上井正司、石原透。香西照雄なども顔を出し、「毎週火を吐くような討論を続けていた」（古舘曹人）という。

『春の雁』には、のちに五千石の葬儀委員長をつとめることになる有馬朗人について、管鮑の交りの友として特記されている。

有馬朗人さんとて、大学院生でなかったか。アルバイトに精を出していた。俳句における季語は核のようなものだ、と言ったばかりに、この新進の原子物理学者に改めて「核」とは何かを、長時間講義されたのには参ったことがある。

俳人朗人は、

冬の街とさかのやうな帽子が行く　朗人
砂丘ひろがる女の黒き手袋より
梨の花夜が降る黒い旗のやうに

というモダニズムの俳句をつくって、私を驚かせた。西脇順三郎の詩論である。遠い関係を近づける式の詩的な俳句が、そこにあった。以来変わらざる友情を持ちつづけて今日に至っている（中略）ありがたい友人である。「手を翻《ひるが》えせば雲となり、手を覆《くつが》えせば雨となる。紛々たる軽薄何んぞ数ふるを須《もち》いん。君見ずや管鮑貧時の交りを、この道今人棄てて土の如し。」という杜甫の詩を互に心中で温めている仲と言ってもいい。

貧交の誰彼とほし春の雁　五千石　（同書より）

『春の雁』という自伝の題名は、この文末の句に拠っている。この句が詠まれた頃、有馬朗人が東大総長であっただけでなく、当時の仲間たちは社会人として大成し、皆多忙となったために会うこともままならない、という思いを込めた句で結んでいるのである。「一九九〇年版俳句年鑑」に寄せた「眼中の人点検」という記事でも、五千石は真っ先に朗人の句を採り上げている。
若き日の五千石に影響を与えたであろう俳人としては西東三鬼、中村草田男、原裕なども挙げられるが、学生時代のこととしては折笠美秋に触れておきたい。同自伝では、大橋巨泉、寺山修司のあと、この二人の分を合わせたくらいの紙幅をあて、美秋のことが書かれている。

早稲田は人材の宝庫であった。中でも折笠美秋君は妙に私を意識して対抗的な言葉で私を刺すことがあったが、鋭い批評精神の持ち主であった。東京新聞記者として活躍、昭和四十八年には報道部デスクとしてロッキード事件に取り組み、この法廷全記録で五十七年に第三十回菊池寛賞を受賞している。傍ら俳壇でも前衛派の論客として鳴らした。／五十七年「筋萎縮性側索硬化症」となり、翌年、呼吸困難、気管切開して人工呼吸器をつけたが、徐々に病状進行、目と口唇の動きのみで夫人に意志を伝達、その句文を夫人代筆で発表するという不運に見舞われた。五十九年第一句集『虎嘯記』上梓。六十年に第三十二回現代俳句協会賞を受賞したが、平成二年に五十五歳で亡くなった。伝統派の私とは生涯相容れることはなかったが、いい意味でのライバル意識を持ち続け忘れられない友である。

（同書より）

美秋の〈天体やゆうべ毛深きももすもも〉などは、いかにも高柳重信門の俳句評論賞受賞作家の句といった風であるが、没の翌年に刊行された『君なら蝶に』に所収の〈ひかり野へ君なら蝶に乗れるだろう〉は、当時、マスコミにも広く採り上げられた名句。愛妻に対する感謝と別れの絶唱であった。

私が「畦」の俳誌月評を担当していた頃、同誌の発行所から一度に十冊ほど送られてくる中に、美秋の句の載った雑誌があり、その美術展のパンフレットのような表紙が斬新であったことを記憶している。そこには闘病中の句が並んでいた。他の雑誌と比べ、あまりにも異色であった。「俳句評論」の終刊後、美秋が拠った「騎」ではなく、個人誌であったようにも思うが、彼の特集号であったかもしれない。この『春の雁』の記述を読み、五千石の美秋に対する友情が、その雑誌を採り上げるよう、私のところへ送らせたものと納得した。美秋は、批評家としての五千石を育てるうえで、最も良い刺激を与えた友であっただろう。

＊＊＊

以上、本章では五千石の第一句集『田園』が第八回俳人協会賞を受賞した前後の状況と、それ以前の、青年作家・五千石を育んだ「氷海」内外の様相を検証した。当時の活況、空気感といったものを、幾らかでも伝えられただろうか。

第五章　五千石と良寛

1

立松和平著『良寛』（学研M文庫）を読み終えた。良寛は七十四歳まで生きたのだが、この本に書かれているのは良寛の六十七歳まで。そこまでを書いたところで、著者の立松和平が亡くなったからである。享年六十二歳。聖徳太子や道元について書いてきた和平が、最後に私淑したのが大愚良寛であった。ちなみに、良寛が貞心尼と出会うのは六十八歳。残念なことに、それ以後の六年程は書かれずに絶筆となった。

＊＊＊

『良寛』を読もうと思ったのは、先師上田五千石に導かれてのことである。平成十七年より、五千石の俳句とその思想について「松の花」誌上に連載してきた。この連載も開始から七十回を数え、終りに近づきつつあるが、書き残していた大事のひとつが〝良寛〟であった。良寛について書かねばとの思いを強くしていたところに、同書が文庫化され、立ち現れたのであった。

五千石の第五句集『天路』が、はじめは『愛語』という書名で刊行される予定であったことが、同句集巻末の「抄出に至るまで」で述べられている。


句集名は、十年来より決定していた「愛語」となるはずであった。

その後、年が明け、愛蔵の良寛の書々が机上にうず高く積まれる日々があり、何を思われたか「愛語には死ぬまで到達し得ないことがわかった」とポツリと洩らされた。結果、第五句集は「天路歴程」を踏まえての「天路」と決定されたのが、句集名『天路』への道筋である。

（句集『天路』より）


同句集は、五千石の没後に刊行されたものだが、いわゆる遺句集ではない。つまり、生前に著者自身が構想し、準備を進めていたのである。掲出の一文は、その作業を補助し、五千石の急逝後には上田家から抄出を任された向田貴子によるもの。この文中にある「愛語」そして「愛語には死ぬまで到達し得ない」という五千石の思いを理解せずに『天路』の句を評しても、森を知らずにそこにある木を論じていることになる。

五千石が六十三歳で遺したこの言葉について、六十二歳の和平が死の直前まで書き綴ったという『良寛』を読むことで、何か得られるかもしれない。そんな思いで読み、この稿を書いている。

「愛語」は、青年良寛の修行の場面で、道元『正法眼蔵』の「菩提薩埵《ぼだいさった》四摂法《ししょうぼう》」の巻の四摂事（四つの大切なこと）の二つ目として説かれている。それによると、

> 愛語というのは、衆生を見るときにまず慈愛の心をおこし、慈悲の言葉をかけることである。（中略）赤子に向かいあうようにやさしい気持ちで言葉を交わすことが、愛語である。（中略）現在の命のある間、人はすすんで愛語の行をすべきである。未来永劫にわたって退くことなく愛語を誓ってすべきなのだ。（中略）愛語は天さえもひっくり返す力があることを学ぶべきである。

（立松和平著『良寛』より）

とあり、この中の「赤子に向かいあうようにやさしい気持ちで言葉を交わすことが、愛語である」といった部分に心惹かれる。しかしながら、仏道を究めるために大切な事柄としての「愛語」である。その「愛語」には死ぬまで到達し得ないと、ポツリと洩らしたという。「愛語」ということの深さ、厳しさがわかっていれば当然ともいえよう。青年期の良寛が行った修行の厳しさ、後にそれをも捨身した大愚良寛の生き方といったものは、俳句界で栄達の頂点へ駆け登ろうとしていた五千石の生き方とは、真逆であったのかも知れない。いや、そんな小さなことではなく、「愛語」を句集名とできる者など、どこにも存在し得ないと悟ったのだろう。

2

五千石の俳句観の変遷については、本書の第一章で述べた。「眼前直覚」の実践より前、第一句集『田園』を出す頃すでに〝俳句模様論〟で自らの論と作を一致させるというすごいことをやっている。しかし、あまりに論作が一致してしまうと、新しい句は作れない。マンネリとなってしまうのである。これを切り抜けるため、ひたすら歩き、頭を空にして、そこに見えたものを詠むという「眼前直覚」の方法をみつけ出したのである。眼前に見えた瞬間そのままを詠む〝眼前直叙〟ともいえる方法が、当初の眼前直覚であったのだが、実践の中で、その内容は多様に変化する。〝眼前十主観（述志）〟〝眼前幻視〟そして〝眼前十異次元（死）〟へと進んでゆく。眼前と死後の世界とがつながると、宗教の世界へ入ってゆくことになる。

時系列的に説明するとこの通りなのだが、実は、五千石の句作は、その出発点から宗教との関わりが深かった。五千石にとっての宗教とは、仏教とキリスト教である。僧籍を持つ親の元に生まれついたことと、戦後、キリスト教布教の拠点となった上智大学に学んだことの影響が少なからずある。句集『田園』の二句目に〈冬薔薇の花瓣の渇き神学校〉を置いていること。加えて〈青麦原神父を貶し鴉発つ〉などからも、学生時代にはキリスト教を肯定的に受けとめていなかったと知ることができる。しかし、その学生生活において、キリスト教が無視することのできない大きな存在感を持っていたことが看取されるのである。

〈神の留守悪性鴉放ち飼ひ〉の「神」は元来、八百万の日本の神々のはずなのだが、神父の留守をよいことに黒衣の魔女たちが遊んでいるといったイメージは、ゲーテ著『ファウスト』の下地となった伝説に通じるもの。

『田園』三、四句目の〈告げざる愛雪嶺はまた雪かさね〉〈寒林の透きゐて愛の切なきまで〉は愛への憧景であり、先輩に〝君は、まだ、本当の恋を知らない〟と言われた句である。同時期に〈雪嶺に朝日「永遠《とは》に女性なるものへ」〉があり、この二句はレコード盤のA面とB面のように表裏一体の関係にある。五千石は、大学受験で浪人中の夏休みに『ファウスト』第二部を読み、最後の「永遠に女性なるものへ」という箇所に心惹かれたと自伝に記している。これは、思春期における女性への憧れであるとともに、ゲーテの価値観への共感をも含んでいる。訳者・高橋健二による、この部分の訳注を引こう。

永遠の女性は、すなわち神の愛を具現している理想的な女性である。いっさいの低い欲望からきよめられた愛、すべてをゆるす愛、罪びとを引き上げる慈愛である。ゲーテは、その永遠な象徴としてマリアを、地上的な象徴としてグレーチヒエンを現わした。ファウストの英訳者ティラーが永遠の女性を、女性の魂と訳したのは、簡潔で深みのある解釈である。

（ゲーテ著『ファウスト』角川文庫）

3

『田園』から、宗教的モチーフの詠まれた句を挙げよう。

桐の花姦淫の眼を外らしをり　昭34
聖書講座火取蟲火を取り放題　〃
みみづ鳴く日記はいつか懺悔録　〃

新しく家族となりて聖菓切る　〃
春月の暈も円かに聖受胎　昭36
薔薇のアーチの窄き門神父館　〃
オリオンの方舟西下して寒し　昭34

句集の掲載順に七句を引いた。昭和三十六年以後の作では、キリスト教あるいは聖書を想わせる語は、使われていない。五句目、大天使ガブリエルから処女マリアに受胎が告げられたのは三月二十五日とされている。多くの受胎告知の名画を思わせる句である。次の神父館の句については、「聖イグナチオ教会所見。長身の神父はそこを身をかがめて出てくる」との自註がのこされている。昭和三十六年のこの作は、五千石の内面の信仰とは関わりの薄い、視覚的な関心が主体の句となっている。

御命講毒強き酒くみにけり　昭35

柚子湯出て慈母観音のごとく立つ　昭36
青葉木菟睡りて五欲しづめむか　昭37
夕焼光弥陀の来迎つげわたる　昭39
けふの日のしまひに雪嶺荘厳す　昭41
北面の障子明りに思惟坐像　昭42

『田園』の後半、キリスト教の言葉は使われておらず、替わって仏教の用語が使用されるようになる。

一句目には、「十月十三日、日蓮忌。「立正安国論」執筆の聖地、岩本山実相寺も賑う。「いまや末法強毒の世なり」とは日蓮の言葉」との自解がある。この岩本山は、五千石のホームグラウンドのひとつ。この寺から登った頂は広大な公園で、富士山の展望が見事である。ここには、『田園』から採った四季の句を彫った碑もある。〈遠浅の水清ければ桜貝〉〈水鏡してあぢさゐのけふの色〉〈渡り鳥みるみるわれの小さくなり〉〈もがり笛風の又三郎やあーい〉の四句である。

五千石が拠ったのは黄檗宗瑞林寺で、これは、加嶋郡の五千石の新田を中心とする有力寺院であるが、富士川流域の木材を中心とした有力商人たちには日蓮宗の信徒が多かったのだろう。上流に日蓮宗総本山久遠寺（日蓮廟がある）、下流にはこの実相寺もある。五千石の弟子となった人たちの多くもこの流域の出である。

二句目、先の聖受胎と対をなす句なのだが、ここでは聖母マリアではなく、慈母観音に変じている。「母は私をみごもったとき、狩野芳崖描く「悲母観音」の写真版を掲げて、胎教としたという。これは眼前の柚子湯母子」という自註がある。句集では、「青葉木菟」の句より後に「オリオンの方舟」の句が置かれているが、この句は独身時代の昭和三十四年に詠まれた句で「東京からはいつも最終電車。富士駅から、とぼとぼ家路をたどる。オリオン星座は西の空に落ちかかっている。午前三時だ」と自解している。結婚後には、このような機会も減少していたであろう。キリスト教を踏まえた句は詠まれなくなり、瑞林寺をホームグラウンドとした、僧籍の父母につながる生活へと移っているのである。昭和三十五、六年頃を境に、「聖受胎」から「慈母観音」へと、宗教的に大きな転換があったともいえる。

＊＊＊

話を良寛のことに戻そう。

ジョン・バニヤン著『天路歴程』は、熱烈なプロテスタントを主人公としたキリスト教的な寓意小説。つまり、「愛語」を断念して「天路」を句集名に選んだことは、「聖受胎」から「慈母観音」とは逆の転換ということになる。こうした転換は、いったい何を意味するものであるのか。それが、いわゆる転向とか宗旨替えといった安易なものではないことは、「愛語には死ぬまで到達し得ないことがわかった」という発言からもわかる。そこに、ふたつの宗教の優劣を判じて乗り換えるといったニュアンスは全くない。むしろ、五千石は、その句業の初期から晩年に至るまで、一貫して、最良、最善の心のありようを常に模索していた。その手がかりとしての仏教であり、キリスト教であったのではないか。

それらの宗教的キーワードは、理想とする心のありようを示す指針として用いられていたと思われる。バニヤンの『天路歴程』は、信仰のありようを巡礼の旅に託して描いた寓話である。五千石が、最後の句集名を「愛語」から「天路」へと変更したこと。それは、到達目標としての「愛語」を意識したうえで、いまだ巡礼の途次にある自己を認識したということではなかったか。そうした心境は、五千石の最後の一句となった〈安心のいちにちあらぬ茶立虫〉にも見てとれる。

　この「安心」という仏教語は「愛語」に近い意味で使われており、「安心のいちにちあらぬ」とは、そこに到達する日が来ることはないだろう、ということ。そうだとしても、自分はこの「茶立虫」のように懸命に生き切ってみせる。そんな句意である。そこには、謙虚さと同時に、最善を尽くすという意味においての強烈な自負、誇りといったものも窺えるのである。

五千石の百句

松尾隆信選

（本編掲出頁）

探照燈二すぢ三すぢ天の川 162

昭和十八年作。小学四年時、少年向け新聞に入選の句。防空演習で「探照燈」の錯綜する美しさを詠んだ。正月や父の誕生日には家族そろって俳句を詠む中、一年生から作っていた。

青嵐渡るや加嶋五千石 162

昭和二十年作。富士中学の文芸誌に発表。江戸初期に水田の拓かれた富士川のデルタは、加嶋五千石と称される。秋桜子の句会で没となるが、父の勧めにより、以後五千石を俳号に。

星一つ田の面に落ちて遠囃子

162

昭和二十九年作。大学二年の晩春、神経症のため帰郷。母の勧めで秋元不死男句会に出席して、特選となった句である。この出会いにより神経症は霧消、俳句狂に変じる。

隧道を遠足の声出始むる

昭和三十年作。「天狼」の誓子選「遠星集」欄に初入選の句。トンネルを題に八十句を一晩で案じ、秋元不死男の義妹である清水径子に見せたところ、この一句のみに〇印がついた。

ゆびさして寒星一つづつ生かす

71 144 146 160 162 193 194 200 231

昭和三十一年作。第一句集『田園』巻頭の句。俳人の目で世界を見直すと、すべてが新しい。人生の青春、俳句の青春が重なった自己確認。後の「眼前直覚」をすでに体現していた。

冬薔薇の花瓣の渇き神学校　160　163　207　230　231　260

昭和三十一年作。句集『田園』の二句目。上向きの一句目に対し、二句目は下向き、内向き。この句集は、ファウストと悪魔の対話のように、対になる句が並ぶ構成となっている。

告げざる愛雪嶺はまた雪かさね　144　160　168　173　176　191　214　232　261

昭和三十二年作。五千石が入学した当時の上智大学は、男子学生のみ。巻頭句の初々しさが万物すべてへ向けられた思いであるのに対し、こちらは、異性へ向けられた憧れ。

寒林の透きゐて愛の切なきまで　144　160　168　176　232　261

昭和三十二年作。前の句が他者に向けられた思いであるのに対し、内向きの句。異性へのあまいうずきの句。まことの恋も愛もいまだ知らない、鬱屈としたあこがれである。

雪嶺に朝日「永遠《とは》に女性なるものへ」

171
173
191
208
214
261

昭和三十二年作。句集未収録。前の二句と同時作と思われる。「」内は、浪人中の夏に読んだ、ゲーテ著『ファウスト』中の言葉。この最終場面の言葉のみが強く心に残ったという。

青麦原神父を貶し鴉発つ

233
260

昭和三十二年作。上智大学で神父とも接したが、受洗することはなかった。魔女のような「鴉」の見立ては、短かった学生時代を振り返ってなつかしんでいるとも読める。

木枯に星の布石はぴしぴしと

71
144

昭和三十二年作。このあたりから、現実に眼前の物を見ることができるようになる。大学卒業後、家業を継ぐために鍼灸学校へ通う。したがって、まだ東京での遊学が続いてはいた。

断髪の生まの襟足卒業す

133 169 176 243

昭和三十三年作。観念や瞑想でも、憧れでもなく、眼前に立つ女性の襟足を、そのままに表現。現実の女性をその「なまぐさい姿」（山口誓子評）で把握したはじめての作品。

春潮に巖は浮沈を愉しめり

昭和三十三年、城ヶ島での作。「愉しめり」と擬人法であるが、春潮の駘蕩としている様が伝わってくる。押しつけがましくない、楽しい句。対象をじっくりと見つめての作である。

ハンカチに滲む臂型うまごやし

169 176 243

昭和三十三年作。この句も女性を詠んでいる。現実に生きる女性とある程度近く接するという体験からの作。同時期に〈会釈の皓歯田植の笠にすぐをさめ〉という遠見の句もあるが。

萬緑や死は一弾を以て足る 37 109 170 174 177 194 208 211 245

昭和三十三年作。自らに銃口を向け、一弾を放つのは、『若きウェルテルの悩み』の主人公ウェルテル。五千石としては、学生的な青春からの訣別、小さな失恋もあったのだろうか。

みちのくの性根を据ゑし寒さかな 177 179

昭和三十四年、盛岡で正月七日をともに過したのは、おさななじみの女性。性根を据えていたのは、みちのくの寒さだけではない。五千石も、そして相手の女性も同様だったのだ。

息せきて来る雪女郎にはあらず 177 180

昭和三十四年作。前の句と同じく盛岡での作。白い息を見せながら、急ぎ足で来る女性は、雪女郎などではなく、生涯を伴にするであろう熱い血潮のたぎる女性であった。

もがり笛風の又三郎やあーい 37 54 71 117 138 145 174 177 180 193 194 200 208 230 245 264

昭和三十四年作。盛岡から帰り、風の又三郎のラジオ放送をきっかけに成った句。どこか甘酸っぱい。この句の背後には、――生涯を伴にする人ができた――との叫びがある。

冬銀河青春容赦なく流れ 179

昭和三十五年作。前年に続いての岩手行。渋民村での作が多い。この年の九月八日に西井霞と結婚。同年七月二十日には彼女の父が亡くなっている。

水中に水より冷えし瓜つかむ 181

昭和三十五年作。井戸や流水に冷やされた瓜の冷たかったことよ。あの不思議な手の感覚を想起させる。〈水甕の水にさゞなみ初蛙〉など眼前の物をしっかりと捉えた句が多くなる。

青胡桃しなのの空のかたさかな 136 230

昭和三十五年作。上伊那郡小野村の小野國民学校、松本中学一年生の十一月まで、五千石は疎開先の信州で三年間を過ごした。思い出の空は、後に住む富士の空とは異なっていた。

春月の暈も円かに聖受胎 181 215 263

昭和三十六年作。〈新しく家族となりて聖菓切る〉の時期を経て、九月二十三日に長女日差子誕生。秋元不死男による命名。〈露更けて出でたる星の粒ぞろひ〉とその夜を詠んでいる。

柚子湯出て慈母観音のごとく立つ 183 194 215 230 264

昭和三十六年作。五千石の母は、狩野芳崖作「悲母観音」の写真を掲げて胎教としたという。前出の句の下五を「聖受胎」としたのも、天のはからいであるとの思いからだろう。

濁流のしぶくところに栗の花 184

昭和三十七年作。衒いのない写生で、飽きのこない句。同年秋の〈月明き浜に流木曳きしあと〉もまた素直で佳い句だが、こちらは〝俳句模様論〟の走りの句として注目に値する。

流寓のながきに過ぐる鰯雲 185

昭和三十七年作。流寓とは、他郷にさすらうこと。東京から疎開し、信州と富士での二十年近い歳月。心底には、常に他所者意識がある。流寓体験者、誓子の共感深い選評がある。

遠浅の水清ければ桜貝 185 264

昭和三十八年作。理想郷という外房の浜辺。春の句だが、実際は冬に詠まれた。〈蛸壺の日にあたたまるクリスマス〉などの同時作を「氷海」昭和三十八年三月号に発表している。

新しき道のさびしき麦の秋 71 75 186

昭和三十八年作。「新設の道は、土地になじまない。そのさびしさ」との自註がある。この句からも流寓の思いが感じられる。他所者意識、さらには先覚者意識の句でもある。

あけぼのや泰山木は蠟の花 186 190 230

昭和三十八年作。自註句集には「清品を保ってみじろぎもしません」という草間時彦の評が引用されている。〃俳句模様論〃に合致する作として代表的な句。泰山木の花の模様美。

水といふ水澄むいまをもの狂ひ 188

昭和三十九年作。「何もかも澄明に見えるというのは、たえがたい」と自註している。〈水澄みに澄む源流のさびしさは〉〈これ以上澄みなば水の傷つかむ〉と、こうした感覚を深める。

渡り鳥みるみるわれの小さくなり

189 190 192 193 194 200 209 230 238 264

昭和四十年作。「自分がみるみるうちに倭小化していくのを実感」と自註。そのあとで浮揚感を感じたのではないか。これら感覚の循環する大空間。やがて消えゆく鳥と自分との時空。

水鏡してあぢさゐのけふの色

189 190 238 264

昭和四十二年作。いま・ここの命が、くっきりと切り取られ、永遠の美として定着されている。翌年七月の講演「俳句のことばとその模様化について」の内容を実践した作。

雪催松の生傷匂ふなり

34 147

昭和四十四年作。第二句集『森林』の巻頭句。近づいてくる雪の匂いと松の幹についた傷（やがて松脂となって固まる）の匂いが臭覚を強く刺激する。〃眼前直覚〃の先駆け。

みちつけて水の出でくる深雪沢

昭和四十五年作。深雪沢の清浄感、そこを走る水の清冽な躍動感が伝わる。同年の作で句集に収められたものは少ないが（翌年も）、こうした佳句はある。「み」音の連続が美しい。

この秋思五合庵よりつききたる

昭和四十八年作。「五合庵」を結んだ良寛は、五千石にとって生涯の憧れ。句集では四十七年作だが、自註では翌年の作とされている。前年分の句が少なく前倒ししたと思われる。

山開きたる雲中にこころざす

142
148

昭和四十九年作。富士山の山開きに初参加した折に詠まれ、後に句碑とされた。この句碑は、富士山が世界遺産に指定された際に、山裾から浅間大社の敷地へと移された。

合流をはたしての緩冬芒　53

昭和五十年作。笛吹川と釜無川が鰍沢で合流し、富士川となる。この頃、富士川上流をひたすら歩くことで、俳句が詠み出せる身体のありようを会得してゆく。

竹の声晶々と寒明くるべし　7 9 21 89 146 197

昭和五十年作。この冬、富士川上流の狭南と呼ばれる山中を歩き、多くの句を詠む。そして立春、身延の裏山を歩いていると、風で大きく竹が動く。その葉騒と光のきらめきに感動。

開けたてのならぬ北窓ひらきけり　7 9 21 89 146 197 200

昭和五十年作。前の句とともに〃眼前直覚〃開眼の句とされる。蚕室の窓の板戸を外しているのに出会い、事実のままに詠んだという。春の到来を喜ぶ空気感が伝わってくる。

籟とほく鳴り出て松の雪解かな　12

昭和五十年作。籟は松籟、松の葉にあった雪が解けて鳴り出した春告げの松風である。これら、寒明けに詠まれた一連の作によって〝眼前直覚〟を自覚することになる。

雁ゆきてしばらく山河ただよふも　12

昭和五十年作。「がむしゃらに富士川に沿った山地を歩き廻り」「足を使いまくって脳の中を空っぽにする」「寒の内から早春、そして春が熟れるころまで」これを続けた。

暮れ際に桃の色出す桃の花　148

昭和五十一年作。万物の色は、日差しで変わる。桃の花の色も刻々と変わる。暮れ際の色が最も美しく、その花の色が本来の桃の色である、と断じた。気取りのない色だ。

和紙買うて荷嵩に足すよ鰯雲 31 148

昭和五十一年作。この和紙は美濃紙。筒状に丸めた和紙をリュックの紐でていねいに結んでいた。俳句の外に和紙も得て、充実の吟行会。この際の出会いから私は五千石門となった。

百八燈しづめの山雨来たりけり

昭和五十二年作。百八燈《ひやくはったい》は盆の迎え火が多いが、ここでは、山梨県南部町の富士川両岸に積まれた木材を焚く送り火の行事。火の熱が雨を呼んだ。母と不死男を亡くした直後。

啄木鳥の柝を遠音に師匠亡し

昭和五十二年作。この年は、六月に母、七月に師不死男を亡くした。その時には詠めず、晩秋になって掲句と〈こゑにせず母呼びてみる秋の暮〉を詠む。父恋いに加えての母恋い、師匠恋い。

かくてはや露の茅舎の齢こゆ

昭和五十二年十月二十四日（四十四歳の誕生日）の句であろう。二十三歳の時に書いた茅舎論は五千石の美意識の原点。絵画的美を川端茅舎、音律美を松本たかしの作品に学んだ。

葛湯たのしまま子白つ子などできて

15
42

昭和五十三年作。同時作に、美意識のかたまりのような〈夕空の美しかりし葛湯かな〉がある。本当の葛湯の姿をさらりと詠んでいる。リラックス俳句ともいえる系列の第一作。

母の忌を旅に在りけり閑古鳥

9
15
21
148
197

昭和五十四年作。「旅」は、「夏炉」誌の三百五十号記念の祝宴に参加のための旅。この日が母の三回忌であった。霧ヶ峰の景も映像をむすばない。郭公の声のみが心に響いた。

みづうみに雨がふるなり洗鯉
9
15
16
21
148

昭和五十四年作。夜、宴の最中に、雨が降りだす。昼に見た諏訪湖にも雨が……との思いと、眼前の洗鯉が結びついた。五千石は、この句もまた〝眼前直覚〟開眼の一句としている。

土くれに鍬の峰打ち山ざくら
15
149

昭和五十四年作。土のかたまりを鍬の刃先でなく、その峰で打って崩した。少し乾いていた土くれは、砕け散ったであろう。山桜の咲く段畑の景と澄んだ空気が伝わる。眼前直覚！

これ以上澄みなば水の傷つかむ
16
123
149
188

昭和五十五年作。三十九年作〈水といふ水澄むいまをもの狂ひ〉の「澄明に見えるのは、たえがたい」という自意識から、水と一体化したかのような感覚へと、思いが深まっている。

太郎に見えて次郎に見えぬ狐火や　16 37 149

昭和五十五年作。信州に疎開した少年時代を想起しての句。七・七・五音の字余りだが、「太郎に」「次郎に」という対句、「見え」の反復による効果で、字余りが気にならない。

爽やかに描きて引目鉤鼻よ

昭和五十六年作。「源氏物語絵巻」との前書がある。このころから、美術書が身辺に増えてゆく。美意識による作句の試作第一号。この年は〃さねさしのつどい〃発足の年でもある。

秋の暮と思ひゐる間も暮れゆける　20

昭和五十六年作。四十八歳の誕生日（十月二十四日）の、みちのく旅行での句。〈秋嶺に晩紅とどむ誕生日〉と詠んだはなやぎも、刻々と色褪せてゆく。

悴みて読みつぐものにヨブ記あり

昭和五十六年作。掲句と〈音白く聖書をめくり菊日和〉、この年、『森林』にはなかった聖書にまつわる作が二句。サタンがヨブの信仰心を試す「ヨブ記」は、ゲーテ著『ファウスト』に通じる。

早蕨や若狭を出でぬ仏たち

20 35 150 197

昭和五十七年作。四十八歳、充実の春。「若狭料峭　三十句」と前書がある連作の一句目。若狭行三十句は、生涯のピークと言える。『風景』後記に、芭蕉の晩年と齢を並べての句作とある。

白扇のゆゑの翳りをひろげたり

26 27

昭和五十七年作。句集『琥珀』の巻頭句。一物俳句であるが、その翳りをとらえて、白扇の涼しさを深く感じさせる。ひろげられた白と翳りとともに涼しさがひろがる。

塔しのぐもののなければしぐれくる　27

昭和五十七年作。京都の東寺五重塔を詠んだ句。日本一高いだけでなく、この塔の屋根は各階とも同じ大きさ。見上げたときの存在感は格別である。その上空から時雨てきたのだ。

対のもののいつしか欠くるひめ始　28

昭和五十八年作。〈神の代は星近からむひめ始　秋元不死男〉のおおらかな姫始に対し、何とも無常感が深い。源氏物語の紫の上の先立ちなどを思ってしまう。

火の鳥の羽毛降りくる大焚火　28 30 46 47 150 198

昭和五十八年作。灰が降ってくるのではない。太陽の分身「火の鳥」の羽毛である。不死男の〈隆々と一流木の焚火かな〉に、そのスケールで負けていない。何とも幻想的な句。

涅槃会や誰が乗り捨ての茜雲　28 49 126 150

昭和五十八年作。こちらも幻想美。眼前の茜雲は、生母摩耶の乗り捨てたものであろうか……。涅槃会は刻々と姿を変え、夜も続くのであろう。最も美しい涅槃の句のひとつ。

まぼろしの花湧く花のさかりかな　28 150 198 200 209

昭和五十八年作。虚子の写生句〈咲き満ちてこぼるる花もなかりけり〉から、さらに見続けていると、花の奥より花が湧きあがってくる。眼前幻視の美の極地。

筆買ひに行く一駅の白雨かな　31

昭和五十八年二月、東京都練馬区貫井に転居。池袋まで一駅のところだ。少年期に信州へ疎開してから、じつに四十年振りの東京住まい。上京後の充実感が伝わってくる。

梟や出てはもどれぬ夢の村　34 44

昭和五十八年の末尾の句。〈かへりみて来し方の枯ひろげたり〉と同時作。「夢の村」とは、富士か信州、あるいは幼き日の東京代々木を指すのだろうか。出たところには、戻れないのだ。

あたたかき雪がふるふる兎の目　34 37 41 198

昭和五十九年作。白い世界に二滴の血のような「兎の目」を点じると、「雪」はいよいよやわらかく「あたたか」な……との自註がある。私などは、兎の目の中に映り込む雪を感じる。

風船を手放すここが空の岸　38 126

昭和五十九年作。公園などの広場であろう。青々とひろがる空。まっすぐに垂れる糸を空へ曳きゆく風船。船が海へ出るときのような心もちで見送る。「ここが」が効いている。

ふだん着の俳句大好き茄子の花　38 42 120

昭和五十九年作。〈ふだん着でふだんの心桃の花　細見綾子〉の模倣であると自解している。女は桃の花、男は茄子の花というわけでもない。茄子の花の美しさに強く惹かれるようになったのだ。

みんなみはしらなみいくへ松の花　53 54 136

昭和六十一年作。幾重にも吉事が寄せる感じがあり、好んで揮毫した。急逝の二ヶ月前、ＮＨＫ学園洋上スクーリングのサロンを飾った色紙を頂いた。「松の花」の誌名はこの句にちなむ。

たまねぎのたましひいろにむかれけり　36 50 83 198

昭和六十一年作。五千石流〝リラックス〟の極みで生まれた一句。「たましひいろ」というのは、誰も見たことがない。ゲーテの『ファウスト』も魂の昇天の場面で終るが……。

うすらひに水のくまどり光悦忌　

昭和六十二年作。薄氷と水の間に、細胞膜のような模様ができる。透明な美しい隈取。〝模様論〟が復活したようでもある。平成二年の光悦忌の句の先駆けとも、対ともいえる句。

夢に触れしは母かをんなか明易し　

昭和六十三年作。夢の残像のような句。「母」も女であるが、「をんな」ではないという。最初に「触れし」女であるとも。源氏物語における、桐壺、藤壺、紫上の連環が思われる。

夕かげるときをもつとも水澄めり　

昭和六十三年作。三十九年の作に連なる、五十八年〈澄む水に古刀のくもりありにけり〉、平成元年〈水底の砂のさ走るまで澄めり〉、同七年〈流水にわたせばこころ澄みゆかむ〉との差異は何か。

家にあれば寝るころほひを萩と月　60 152

昭和六十三年作。「萩と月」の古典美、〈一家に遊女も寝たり萩と月　芭蕉〉の旅情を持ち込んだ現代の旅の句。家にいるときには寝ている時刻だが、まだ起きていて、萩、そして月を愛でている。

河馬の背のごときは何ぞおでん酒　61 120

昭和六十三年作。眼前即興の句。さて、カバの背に似たおでん種と言われても、すぐには思い浮かばない。答えがないのが良い。カウンターを挟んで女将との会話があったのだろう。

貧交の誰彼とほし春の雁　62 251

平成元年作。六十歳定年の時代、五千石は五十五歳。青春時代を共にした友人には、それぞれの分野で名を成したものもおり、多忙。もう皆で集うこともないというのは「春の雁」のようだ。

貝の名に鳥やさくらや光悦忌 57 58 67 68 117 151 198 210

平成二年作。下五に配された「光悦忌」は、陰暦二月三日。鳥貝、桜貝から派生して、螺鈿や蒔絵、貝合せといった雅の世界へとイメージが広がる。美意識による作句の頂点。

もがり笛洗ひたてなる星ばかり 70 71 117 138 150

平成二年作。〈もがり笛風の又三郎やあーい〉（昭和三十四年）の青春性に対し、掲句では、強風が星々を讃美して吹き渡る。風に洗われた星は、吹き飛ばされることもなく、かがやく。

初蝶を見し目に何も加へざる 73

平成三年作。「初蝶」は紋白蝶であろう。今年はじめて見た白い蝶。その白を見つづけている間、見送ってからしばらくの間も、その少したよりな気に飛び去った姿が、白く残る。

佳句秀句すなどることを初仕事 76 77

平成四年作。机上には、常に選を待つ詠草。選句をしながら「忌明けは何日なのかなぁ」と、質問ともつかぬ質問があったりもした。俳句が生業として安定してきたことも含めての充実感。

遠山の雪を花とも西行忌 78 79 80 154

平成四年作。〈大阪にゆかりたづぬる西行忌〉は、句集未収録だが、ともに佳句。「花」と西行の関係に新味はないが、「遠山の雪」を花と見る表現は、西行の心に通じる新しい把握。

泪して吾《あ》を抱く鬼女にいなびかり 81

平成四年作。「鬼」の一字がなければ、平凡な句。同年九月から四ヶ月間、幼少から協会賞受賞までの自伝を静岡新聞に連載。幼少時の記憶を元にした作か、「吾」を大人としては凄まじ過ぎる。

湯豆腐の間にもしぐれのありしとか　80

平成四年作。京都で、昼食が湯豆腐だったのであろうか。店を出ると、道が濡れていた。湯豆腐を食している間に通り過ぎていた時雨への驚きが伝わる。眼前即興の臨場感が快い。

いかなごや淡路は夕べさみしかろ　84

平成五年作。〈さびしさやはりまも奥の花の月〉（平成二年）に続いての播磨行。掲句は、明石から淡路島を眺めての句。源氏物語の須磨、明石の巻と自身のさびしさを重ねている。

筆談を涼しく交し師弟たり　84 86

平成五年六月、音戸の瀬戸でのＢＳ俳句吟行で、山口誓子（九十一歳）と筆談。内容は、三元放送の鎌倉吟行組に「娘の日差《ひざ》子《し》が出ています」。「おお」と頷いて微笑された、とある。

坂鳥や覚えなき山晴れに出て 94 95

平成五年作。北から渡ってきた小鳥が、海辺に休み、夜明け前に群れをなして川を上り、峠を越えてゆくのを坂鳥という。その飛び行く先に、見たことのない山容がくっきりとある。

魚族みなまなこ険しき四月かな 36 96 98

平成六年作。水族館での句。あかるい日差しの中できらめく魚たちの姿。しかし、その眼は、険しく感じられる。四月、魚たちにとっては、種族保存闘争のきびしい季節なのだ。

澄みきれぬものに湧きつぐ水の芯 102

平成六年作。五千石には「水澄む」の句が多いが、掲句では「澄みきれぬもの」を詠んだ。息苦しいまでの透明感といった句の多い中で、それを突き抜けた一句。湧水の躍動感も。

山晴もはかなくなりぬ大豆引 100

平成六年作。くっきりと晴れ渡る青空。しかし、その山の影は、大豆引をしているここの畑にまでもせまって来ている。早々と暮れかかる気配に、はかなさを感じたのである。

下京や雨をうるます夜なべの灯 112

平成七年作。〈下京や雪積む上の夜の雨　凡兆〉を踏まえての作。下京は、商人や職人といった庶民の町。つめたい雨に対して、秋の夜も働く庶民の活力のあたたかさ。

もがりぶえ初めに叫びありきとぞ 116 117 123 138 154 201 210

平成七年作。「始めに言葉ありき」は、ヨハネ伝冒頭の言葉。言葉よりも先に叫びがある、とした掲句は、言葉から物事がはじまるという西欧的契約社会に対する挑戦のようだ。

呆とあるいのちの隙《ひま》を雪ふりをり

119
120
203

平成七年作。年齢を重ねると、呆とする時間も増えてくる。気が付けば、しんしんと雪が降っている。雪は、過ぎ行く時を意識させるが、意識しない間にも降り続けていたのだった。

朝の日の莞爾とふくら雀かな

122

平成八年作。「莞爾」は、にっこりとして笑う様。防寒のために全身を膨らませたのが「ふくら雀」。枝に群れる雀らへと、昇ってきた朝日が降りそそぐ。命あるものへの祝福。

有明は破船の形《なり》にもがりぶえ

122
123
139
202

平成八年作。「有明」は、夜が明けても天に残っている月のこと。虎落笛の吹きつのる青天を、傷つき、漂うかに見える白い月。ノアの方舟のようでもあり、自身の魂の姿とも……。

観音のほぞが目を剝く百千鳥　125

平成八年作。「ほぞ」は人の命の源泉。観音に臍があっただろうか、と思う。仏教の慈悲の心を表す観音は、人に似た姿で十一面、千手と多様。一方、「百千鳥」たちに臍はない。

さびしさは尖りて雪を着けぬ嶺　129

平成八年作。「さびしさ」が深い。「私の句は全て「さびしさ」に引き出されて成った」（『田園』後記）と記した句業は、自身の願ったとおり、「しずかさにおいて凝集」（同）されている。

虚子の忌をかぎりに花のうすれけり　131

平成九年作。五千石最後の年、春のめぐりは順調であった。四月八日まで、花は盛り。翌日から一勢に散りはじめ、〈まぼろしの花湧く花のさかりかな〉の湧く力は、消え去った。

道元の寺出て月の芋の花　133 202

平成九年作。晩夏から初秋、「芋の花」は稀に見ることができる。黄色でほっそりと、小さな水芭蕉といった感じで、ひっそりと根元に咲く。永平寺からの帰路、月光に清澄感が増す。

心してをさなへたよりうめもどき　137 202

平成九年作。梅擬の名は、葉の形が梅に似るところからだが、季語となるのは、たわわに実る五ミリ程の赤い実。初孫への便りは、絵なども入れて、ていねいに書かれたのであろう。

夜仕事をはげむともなく灯を奢り　121 140 202

平成九年九月二日夜、自宅で原稿執筆のあと倒れる。同日午後十時十分、解離性動脈瘤のため逝去。この句の外に三句が「九月一日　四句」の前書で句集に収録されている。

色鳥や刻美しと呆けゐて

121
140
202
203
211

平成九年九月一日の四句のうち、二句目が〈芋虫の泣かずぶとりを手に賞づる〉で、次に掲句。三日朝に駆けつけると、絶筆四句を書き写した本宮鼎三が、二階から降りてきた。

安心のいちにちあらぬ茶立虫

121
140
155
203
204
211
267

平成九年九月一日作の四句目。茶立虫よ！安心の日などはない、ひたすらに生きて行こう。私も同じように……。死ぬ事を直前まで思わずに、生き抜く覚悟の句で終っている。

あとがき

本書の内容の多くは、主宰する「松の花」誌上に「眼前直覚の推移—五千石俳句に見る」として連載したものである。平成十七年から七十余回にわたって同誌に掲載したもの、総合誌等に発表したものを併せ、大幅に加除、再構成した。

第一句集の『田園』でなく、第二句集『森林』についての考察からはじめていることに違和感を持たれた方もあるかもしれないが、これは、私が五千石に師事したのがその時期であったため。以来、行を共にしてきた者として、その行程の確認から出発したかったのである。

したがって、客観的な第三者による評伝や評論といったものとはいささか性質を異にするものと考え、書名を、上田五千石私論とした。五千石についてある程度知っているという人には、第一章から読んでいただければと思うが、『田園』について書かれた二章、三章を先にすれば、時系列的に見ていくことになる。また、付録の百句には索引代わりに本文での掲出頁を付してあるので、こちらで概容を知ってから、興味をもった句の背景について調べていただくのもよいかもしれない。最終的に、全体を読んで五千石俳句の重層的魅力を感じ、十句、二十句と記憶にとどめていただけたならば、著者として光栄である。

各文献からの引用については文中に出典を記しているが、他に基礎資料・参考書として『上田五千石全句集』（富士見書房）、吉瀬博著『上田五千石の時空』（北溟社）がある。本書も今後の五千石研究に資する一冊となれば本望である。

数ある五千石ゆかりの出版社の中で、東京四季出版から刊行させていただくことにしたのは、同社が運営しておられた画廊〝ギャラリー四季〟の最初と最後が上田五千石の俳句展であった――私もこれらを見ており、その最終日には宗左近、瀬木慎一、松尾正光社長（当時）そして五千石といった面々と杯を傾けつつ、句会を愉しんだ――縁を大切にしたいと思ったことによる。最後に、刊行に際してお世話になった西井洋子社長、担当の北野太一氏に心よりお礼を申し上げる。

平成二十九年七月　甘露忌（秋元不死男先生の忌日）

松尾隆信

【著者略歴】
松尾隆信（まつお・たかのぶ）

昭和21年、姫路市生まれ。昭和36年「閃光」に入会。以後「七曜」を経て「天狼」「氷海」に所属。昭和51年「畦」に入会、上田五千石に師事。昭和53年より「畦」同人。平成10年、俳誌「松の花」創刊主宰。俳人協会評議員・日本文藝家協会会員・横浜俳話会参与・神奈川新聞俳壇選者。

俳句四季文庫36
上田《うえだ》五千石《ごせんごく》私論《しろん》
2017年10月11日　第1刷発行
2021年11月 3 日　第2刷発行

著　者　松尾隆信
発行者　西井洋子
発行所　株式会社東京四季出版
〒189-0013 東京都東村山市栄町 2-22-28
TEL 042-399-2180／FAX 042-399-2181
shikibook@tokyoshiki.co.jp
https://tokyoshiki.co.jp/
印刷・製本　株式会社シナノ

ISBN978-4-8129-0833-4